【好消息】

我的不起眼未婚妻在家有夠可愛。

My Plain-looking Fiance is Secretly Sweet with Me.

5

Kadokawa Fantastic Novels

彩頁、內文插圖／たん旦

c o n t e n t s

第1話 【照片】試著回顧了教育旅行與沖繩公演

去沖繩的教育旅行看似漫長，卻又轉眼間就過去。

昨天與今天是教育旅行的補假——所以我只顧著在家躺得舒舒服服。

至於結花，她說：「我去見桃桃～～」一大早就出門了。

沒想到結花體力這麼好啊。

相較之下，我經過五天四夜的團體行動就已經精疲力盡，生命值殘量是零。我沒有一絲一毫體力出門。

而且結花……還辦了店鋪演唱會耶。

明明應該比我加倍疲憊才對。

紫之宮蘭夢也是——當聲優的人，說不定都有夠頑強的。

我的未婚妻——綿苗結花，有著各式各樣的面貌。

少根筋又天真無邪，活力充沛又黏人的「居家的面貌」。

戴上眼鏡，不起眼又沉默的古板「在校的面貌」。

以及會為大家送來笑容與幸福，隨時都很努力的「聲優和泉結奈的面貌」。

我不經意想起在沖繩的結花。

無論是去過國際通、神社、海邊、水族館……各種去處的教育旅行。

還是身為與紫之宮蘭夢組成的雙人團體「飄搖★革命」成員站上舞臺的店鋪演唱會。

結花真的都全力樂在其中。

結花國中時代受到同班同學霸凌，讓她繭居了將近一年——因而未能參加當時的教育旅行。

結花國小的時候也因為身體不舒服，未能參加教育旅行。

所以這次……對結花而言是第一次，也是最後一次教育旅行。

萬萬沒想到這麼重要的日子，竟然和店鋪演唱會的日程撞期。

當時我們真的好慌。

對以往很少受到矚目的和泉結奈來說，組團出道無疑是千載難逢的良機。

然而，一旦錯過這次的教育旅行……結花會留下一輩子的後悔。

要選教育旅行還是店鋪演唱會？

面對這種終極二選一，結花選擇的是——兩者都要。

她下了堅定的決心，無論教育旅行還是店鋪演唱會，她都要百分之百樂在其中。
就結果而言，她撐過了密集得嚇人的行程——對這兩者都徹底樂在其中。
這樣的結花真的好耀眼。
和結花配音的宇宙最強二次元美少女，也就是將這世界的美匯集而成的結奈——一模一樣。
連在一旁看著的我都覺得內心溫暖起來……那五天就是這麼特別。

「小遊～～！我回來了～～！」

我正獨自思索，就聽到客廳的門喀嚓一聲打開，滿面笑容的結花回來了。
接著結花一頭飄逸的黑髮在肩膀一帶甩動。
用玻璃工藝品一般閃閃發光的眼睛盯著我。
朝我——撲了過來。
這不是譬喻。
是真正的飛身壓制。
「唔嘔。」
躺在沙發上的我腹部承受強烈的壓力。

同時又有種軟綿綿的……迷人的感覺。

「啊！對……對不起，小遊！我太喜歡小遊，忍不住就……」

結花大概是看到我說不出話的模樣，發現自己做得實在過火了點。只見她手忙腳亂地湊過來看我的臉色。

……有夠小鳥依人的。

「呃，妳是故意的吧！妳露出那種表情也沒用，我都以為要沒命了！」

「對不起，沮喪，沮喪～～」

「還自己說沮喪咧！妳根本沒在反省吧！」

「人家明明就有！因為反省過頭了，離不開小遊……嘻嘻嘻，好香喔～～」

結花把臉埋在我的衣服上，表情放鬆，身體扭來扭去。

妳絕對沒在反省吧？

還有，結花每動一下，身上軟綿綿的地方就會擠壓到我身上……真的是希望她別這樣。

「嘿！」

「啊嗚！」

我先輕輕使出一記手刀，把結花推開，然後坐起身。

對此結花「唔～～」的一聲鼓起臉頰。

她按著額頭瞪向我。
「小遊，好過分……」
「咦，我自己不覺得有用力……那麼痛嗎？如果是我太用力，對不起喔，結——」
「額頭不會痛！反而是被小遊摸到，有點開心！不是這樣……我不就說了想多聞聞小遊的味道嗎！」
「妳在說什麼鬼話！自重一點好嗎！」
我感覺到我這個未婚妻一天比一天傻。
不，也許只是在家才能表現出不矯飾的一面啦……
「是沒關係啦……反正我對妳過剩的身體接觸也已經習慣了。」
「謝謝你，小遊！我最喜歡你了！」
我一允許，結花又恢復滿面笑容。
我這個未婚妻的表情真的就像萬花筒一樣變來變去……怎麼看都看不膩啊。
「……啊，對了，小遊！」
我最後甚至佩服了起來，結花卻忽然叫了我一聲。
然後像個天真無邪的孩子一樣笑了。
「我從桃桃那邊拿來了她在教育旅行時拍的照片……我們一起看吧？」

◆

幾分鐘後。

餐桌上擺滿了大量印出來的照片。

「……這些，全都是二原同學拍的？」

「就是啊～～桃桃實在很會拍照吧～～」

結花說的「桃桃」，是和我們同班的二原桃乃。

她的外表是「開朗角色辣妹」，其實是個「特攝鐵粉」，透過在夏季廟會發生的一件事，成為結花最好的朋友。

這次的教育旅行她和我們同一組，在結花的店鋪演唱會時也做出了漂亮的助攻。

「然後啊，我還跟久留實姊要了演唱會的幕後照片～～」

「演唱會的幕後照片？」

鉢川久留實，是聲優經紀公司「60P製作」旗下的聲優和泉結奈的經紀人。

她是最常待在和泉結奈身邊的人，當然拍得到幕後的照片，可是——這個，我可以看嗎？

鉢川小姐平常給人一種幹練的形象。

可是她下班的時候……這麼說不太禮貌，但她真有點脫線啊。

尤其是喝了酒後，整個人就會讓人沒轍，或者該說會變得像女大學生一樣活潑。

所以想到她會不會拍到一些在尺度邊緣的照片，就讓我有夠不安……

「嘻嘻嘻～～……噔噔～～！」

結花對我的擔憂渾然不覺，開心地拿了一張照片給我看。

那是——和泉結奈與紫之宮蘭夢的雙人合照。

鏡子前面擺放著化妝用具，是個看似後臺休息室的地方。

紫之宮蘭夢坐著不動，視線往旁瞥向相機。

和泉結奈笑著站起，雙手比出V字手勢。

「這張照片很棒吧！這是演唱會結束後我請她幫忙拍的……蘭夢師姊比平常笑得更開呢！」

「……嗯。隱約看得出來。」

雖然我和結花不一樣，並不是平常就看著紫之宮蘭夢。

但總覺得她在這張照片裡——露出了平靜的微笑。

她們兩個多半都因為演唱會以滿意的表現收場，所以很放鬆……這張照片的確說得上是最棒的一張。

「結花的表情也很棒呢。」

「……嘻嘻嘻～～表情很棒，是說很可愛嗎？好開心喔，被小遊稱讚了～～♪」

只是聽到這麼一句話，結花就笑得臉都要融化了。

……饒了我吧，真是的。

妳突然露出這樣的表情，我會忍不住心動啦。

「那、那我們來看，二原同學拍的教育旅行照片吧……」

「嗯！啊，你看這個！這是我們在國際通吃飯時的照片！羅火腿好好吃喔～～」

「就是在這個時候吧，阿雅明顯吃到生的東西。」

阿雅——倉井雅春，熱愛《愛站》，是我的損友。

我、結花、二原同學、阿雅這四個人，在教育旅行中分在同一組……結果阿雅得意忘形，一個人吃了生的東西。

第二天就食物中毒，當場病倒，被迫獨自一人留在旅館。

「雖然倉井同學沒能一起，但去海邊也好開心喔～～」

「——！」

結花開開心心遞出的——是在海邊拍的一張照片。

穿著比基尼的結花上身前傾，往前潑水。

稍微鬆開的胸口，因為逆光而看不清楚……但顯然全是破綻。

這是什麼情形？

二原同學是用了什麼技術才拍到這種奇蹟的照片啊？

「嘿！」

「嗚哇！」

穿著比基尼的結花（照片）突然靠近，讓我不由自主地往後仰。

我自己都覺得身為人類當然會有這樣的反應。

但把照片朝我靠近的當事人——不服氣地噘起嘴脣。

「為什麼要躲啦～～？小遊，你多看幾眼嘛～～」

「不不不，妳這反應不對勁吧！這是妳自己的泳裝照吧？一般來說都是我想看，然後妳要害羞才對吧！」

「誰教小遊不想看！」

「是突然靠那麼近，才讓我嚇一跳啦！」

「咦？那……其實小遊想多看幾眼我的性……性感泳裝照？」

不知道為什麼，我的未婚妻眼睛開始閃閃發光。

完全莫名其妙。

這個話題再繼續下去，我會瘋掉……還是聊聊別的照片吧。

「啊，結花，這是我們去水族館的照片。」

「真是的，小遊就愛扯開話題……哇啊！桃桃她拍得好棒！嘻嘻嘻，我在好多魚兒的圍繞下和小遊約會～～♪」

接著她開始陶醉在水族館的回憶裡。

結花還是一樣單純。

——我在水族館找到的有粉紅色海豚的雪花球。

我送給結花的這隻海豚……現在就在客廳關注著我們。

「啊……教育旅行好開心喔。多虧小遊、桃桃，還有倉井同學——我的第一次，也是最後一次教育旅行，真的變成了最棒的回憶。謝謝你，小遊。」

「不，這不是多虧我們。是靠妳自己不放棄教育旅行和演唱會，努力的結果吧。」

「開心的回憶，要和一群自己最喜歡的人一起才創造得出來嘛。」

結花說著，瞇起眼睛微微一笑。

「所以，我要說謝謝。真的……一直都很謝謝你，小遊。我最喜歡你了。」

——真希望她不要用這麼率真的眼神盯著我。

因為結花的眼睛就像萬里無雲的藍天一樣漂亮……會讓我無法直視。

所以，我撇開目光。

並且想也不想地拿起一張桌上的照片。

「那、那麼，接下來就看看這張照片吧！這是幾時拍的——」

我話說到一半，忍不住吞了回去。

因為這……是我不知道的場面。

是在女生房間，裹在被窩裡睡覺的不設防的結花。

照片的角落還拍到了應該是拍攝者二原同學比出的勝利手勢。

呃，這沒什麼好「耶～～」的。

這是不折不扣的偷拍好嗎？

然後——說到在這張偷拍的照片裡，結花是什麼模樣。

只見睡亂的浴衣衣帶變鬆，胸前大大敞開……

「呀啊啊啊啊啊！桃桃這個笨蛋～～～～～！」

結花哀號著從我手中搶過照片，猛一拉起衣襬，把照片藏到肚子一帶。

這是什麼帥氣藏照片法。

「虧妳那麼想讓我看穿泳裝的樣子，這反應的差別是怎樣？」

「因、因為！……像這樣張開嘴巴睡覺的樣子，想也知道不希望被喜歡的人看到嘛！小遊大笨蛋～～！」

我還沒天理地被罵了。

原來對於嘴張得多大，比露出的膚色面積大小還在乎……少女心實在太複雜了。

——不過，不管怎麼說……

無論是在學校的古板面貌，還是當聲優拚命努力又開朗的面貌。

以及在家裡少根筋又天真無邪的平常的面貌。

不管是什麼樣的綿苗結花，都讓我覺得光是看著就能分到她的活力。

我，佐方遊一——也因此能帶著笑容度過每一天。

第2話 【支持】在學校不起眼的結花為了交朋友而賣力的結果……

教育旅行的補假結束，從今天起，平常的校園生活又要開始。

……想到這裡就不由得嘆氣。

放完假要去上學，就是會讓人有點提不起勁。

如果可以，我想一輩子都在家玩玩《愛站》、看看動畫。

「小遊～～久等了～～」

我正在玄關想著這種直衝廢人境界的念頭——完成上學準備的結花快步朝我走來。

她戴著眼鏡，所以眼尾顯得有點上揚。

一頭黑髮綁成馬尾。

做這種學校模式打扮的結花，制服裙襬飛揚，開朗地笑了。

「嘻嘻嘻……和小遊一起上學～～♪好久沒有這樣正常上學了……感覺心臟怦怦跳耶。」

「我懂我懂。上學太麻煩，會心悸吧。」

「不是啦！我是說跟小遊一起上學，高興得心臟怦怦跳！」

第2話
【支持】在學校不起眼的結花為了交朋友而賣力的結果……

結花堅定地主張，故意噘起嘴脣。

「真是的，小遊都不懂。在家悠哉的小遊跟一身制服穿得整整齊齊的小遊，就是有不一樣的好，而且還有著知道小遊這種落差的悖德感，所以……嘻嘻嘻，這是心動二次方～～♪」

呃，還落差咧。

如果我這點小小的差異叫作落差，那結花的變化根本是變成另一個次元的人了吧。多重宇宙結花。

在學校不太醒目，樸素又古板的結花。

在家卻是少根筋&天真無邪，最愛撒嬌的結花。

……嗯，要比悖德感，還是我感受到的悖德感壓倒性強烈。

「好～～那麼久違的上學……出發～～！」

接著我讓結花牽著我的手，走出了家門。

放完假隔天上學，還是讓人提不起勁。

也因為沖繩很溫暖，現在冬天的寒冷更是令人刺痛。

「欸，小遊，我啊，從今天起……想努力看看。」

結花對著滿腦子都是負面想法的我——

忽然自言自語似的開口：

「我這個人很不會溝通，所以……我在學校不是都不太說話以免搞砸嗎？可是——我想要改變。想多和班上同學說話，和他們培養感情。」

「……為什麼？」

結花的確不擅長溝通，沉默寡言地過著學校生活，這我知道。

因為結花在國中時代——曾在交友方面受過精神創傷。

所以……結花想改變的心情我懂。

她想努力和大家培養感情的心情，我能夠理解。

……但一想到……萬一結花會受到傷害——

我就無法坦然回答一聲：「好啊。」

然而結花看著這樣的我——平靜地微微一笑。

「——教育旅行的時候，雖然只有一下子，我和同房的女生聊過。還有，吃飯的時候，也和坐在附近的幾個女生聊了一下下。」

結花像喃喃自語，又像唱歌似的說了下去：

「要說最後一次，也不是只有教育旅行吧？穿著制服，每天和同樣的一群人聚集在教室裡，

一起上課，這種事情——也是只到高中為止就會結束吧？」

「的確，大學給人的印象就不一樣了……」

「這樣的高中生活只剩下一年多一點。一想到這裡……我就想要像教育旅行時聊天那樣，和小遊和桃桃以外的人也變得更熟～如果最後……能帶著笑容迎來畢業典禮，那一定很棒。」

結花眉尾下垂，有點難為情地笑著。

眼睛仍然直視著我……吐了舌頭。

「——說是這樣說啦，就算說得很了不起，我有自覺溝通能力很差……所以不知道能不能順利就是了。」

「……妳可以的。」

「咦？」

我尚未思索，已經反射性做出回答。

接著，我對瞪大眼睛的結花原原本本說出自己的心意。

「妳辦得到的，就像全力把教育旅行和店鋪演唱會都顧好的那個時候一樣。就算是有點勉強的心願，我想妳一定——辦得到。我相信，而且不管什麼時候……我都支持妳。」

「小遊……」

她小聲說了句「謝謝你」。

然後用力握住我的手。

距離到大馬路只剩一點點時間。

而我也用力回握了——結花的手。

◆

「咦……結結太有心了吧？不妙，聽到這種話……我會感動得哭出來啦……」

第二堂課的下課時間。

我告訴二原同學結花說的話……結果似乎觸動了特攝系辣妹的心弦。

二原同學一頭咖啡色長髮搖曳，雙手在大得過頭的胸部前面合掌，眼眶含淚。

「結結克服過去，得到了勇氣，變身為新的型態！……咦？這是中間型態吧？竟然還留有更高潮的最終型態，太熱血了吧？」

「抱歉，我聽不太懂妳在說什麼。」

想必是特攝的譬喻，但我真的沒辦法當成國語理解。

這個特攝鐵粉到底是用什麼樣的情緒張力在說話啦。

第2話

【支持】在學校不起眼的結花為了交朋友而賣力的結果……

結果二原同學手按下巴，正經八百地開始解說：

「嗯～～也就是說，我們假設在學校的結結是『冷冰冰型態』，然後，在家的結結是『甜蜜型態』，聲優結結是『鬧哄哄型態』……起始型態有這三種對吧？」

「我從大前提就已經聽不懂了耶。」

「然後結結得到了新的力量——強化到相當於這三者高階版的中間型態！在學校不冷冰冰的新結結誕生了！Happy Birthday！」

「……我說遊一，二原她這麼吵是在興奮什麼？」

阿雅從廁所回來，以狐疑的表情看著二原同學，並對我問起。

也是啦，是會想這麼問啦。

很遺憾，我也搞不太清楚。

「倒是遊一，今天的綿苗同學——跟平常是不是不太一樣？」

「咦？」

「喔？」

阿雅不經意的一句話，讓我和二原同學同時有了反應。

阿雅多半沒料到我們反應會這麼大，有些不解地說下去：

「沒有啦……就是看到一群女生在走廊聊得很起勁，然後綿苗同學突然衝進去……換作是平常的綿苗同學，應該不太會做這種事情吧？」

「好，佐方！我們走！」

「咦？等、等一下，二原同——」

二原同學完全無視我這句話。

她揪住我的後領……就這麼拖著我，衝到走廊上。

結果的確就如阿雅所說——我們看見結花已經身在女生群裡。

「啊，呃，綿苗同學……怎麼了嗎？」

「我們是不是哪裡惹妳不開心了？」

三名女生戰戰兢兢地對結花問起。

結花以一如往常的面無表情朝向她們三人。

然後把眼鏡往上一推——淡淡地宣告：

「我是，綿苗結花。我是眼鏡。」

「…………什麼？」

三名女生同時發出了怪聲。

第2話
【支持】在學校不起眼的結花為了交朋友而賣力的結果……

嗯，也是啦，是會這樣啦。

我剛剛也在心中發出了一樣的聲音。

「呃、呃～～……妳是綿苗結花同學，這我們知道喔，畢竟我們同班。」

「啊……各、各位竟然知道在下，令在下惶恐至極，實乃僥倖。」

「突然變武士？」

「咦！不……不是武士……我是綿苗結花，高中女生，是隨處可見的普通女生。」

「又換成少女漫畫？綿苗同學，妳是怎麼了？」

女生們混亂到了極點。

我覺得是因為結花大失控，也難怪她們會有這樣的反應。

——想和小遊和桃桃以外的人也變得更熟～～

——如果最後……能帶著笑容迎來畢業典禮，那一定很棒。

我認為結花就如她今天早上所說——踩足了油門在努力。

雖然空轉得令人嚇到。

結花大概也正試著以自己的方式改變……拚了命在努力。

「慢著慢著，佐方，你別發呆了，我們一起去助攻吧？」
「不……二原同學，我們要不要再看著結花努力一會？」
——又不是只有去幫忙才叫作「夫妻」。
記得校慶時結花陷入危機，我就對急忙想去幫她的勇海說過這麼一句話。
現在也一樣……我有著和那時一模一樣的心情。
無論是校慶、教育旅行，還是店鋪演唱會。
結花不管什麼時候都盡全力在努力。
所以我要全力支持這樣的結花。
不是要代替她跑，而是在她身旁一路跑到最後。
因為我最近漸漸認為——這樣才是「夫妻」吧。
「……感覺佐方的表情愈來愈好了呢。」
二原同學取笑我似的笑著，用肩膀輕輕頂了我一下。
「我啊，知道國中時代的你，所以……一直想著如果你可以像以前一樣笑就好了。看著你放不下來夢，每天過得很無趣，讓我感覺很不好。畢竟我是個愛多管閒事的姊姊。」
「就說我們不是同年嗎……所以妳的意思是就妳看來，現在的我已經能像以前那樣笑了？」
「嗯～～不是。和以前完～～全不一樣。可是……你現在的表情更好吧？」

她說笑似的對我眨了眼。

二原同學瞇起眼睛，得意地一笑。

「這樣啊……謝謝妳，二原同學。」

被野野花來夢甩掉，消息被全班瘋傳，瘋狂取笑，那是我的黑歷史。

從那以來，我就誓言不和三次元女性有深入的來往，然而……

我開始和結花在一個屋簷下生活。

過起忙得不可開交，一點都不無聊的日子。

不只結花，也許我——也有了一些改變。

「呃、呃！對不起……我突然跑來講一些奇怪的話。只是，看妳們好像聊得很開心……就感到好奇，想知道妳們在聊什麼樣的話題。」

結花用比剛才大一點點的聲音——說出這麼一番話。

嗯。雖然最後聲音有點變小。

但是結花，妳努力了。

「……噗！啊哈哈哈哈！看妳這麼正經，我還以為是什麼大事呢～～」

一名女生看著甚至顯得迫切的結花……當場噗哧一聲笑出來。

另外兩人也跟著露出笑容。

「是說，教育旅行的時候我也想過……綿苗同學這個人還挺有趣的吧？」

「咦！哪裡，我不有趣。」

「不不不，這什麼機器人似的反應？完全戳中我的笑點啊～～」

「綿苗同學！順便跟妳說，她啊，教育旅行時男友送的禮物竟然是苦瓜耶。妳覺得怎麼樣？是苦瓜耶！」

「真是的，不要重提好嗎！有什麼關係，只要是喜歡的人送的，就算是苦瓜也開心好嗎！」

坦白說，笑容相當僵硬。

但結花仍融入了班上女生的圈子，跟她們一起說話。

「遊一、二原，你們看！沒錯吧？綿苗同學這樣很稀奇吧！」

「倉井，你很囉唆，會害我分心。」

「啥，這是什麼話啦！會讓妳分心，這是什麼……」

他說到一半，似乎察覺到二原同學發出前所未見的「你給我閉嘴」氣場，就躲到我身後。

「……遊一，為什麼二原那麼生氣？我說了那麼奇怪的話嗎？」

「不，單純是來得不巧。如果你看蘭夢直播的時候，爸媽來找你說話，你也會不耐煩吧？」

「是這樣沒錯，可是……這是什麼比喻啊？」

阿雅完全意會不過來，歪頭感到納悶。

然後阿雅——心有戚戚焉似的喃喃說道：

「話說回來，感覺綿苗同學變得……比以前柔和耶。」

雖然距離結花所盼望的高中生活，路途還很漫長。

但我心想……哪怕只是一點一滴漸漸改變，只要結花的日常生活變得快樂，我也會很開心。

第3話　平常囂張的妹妹莫名溫馴，很可怕耶

「小遊！終於只剩不到一個月了！」

結花用一種令人覺得都會聽到「噔～～！」這種登場音效的氣勢靠過來。

然後雙手抱胸，朝在客廳沙發上看漫畫的我說了聲：「嘿嘿！」

呃，妳只「嘿嘿」我也不懂啊。

「還有一個月……也是，差不多再一個月就放寒假了。」

「答錯～～！才不是～～的確是會放寒假沒錯，但我說的不是寒假～～」

這是禪修問答？

順便說一下，結花用雙手朝我比了個大大的叉叉，似乎想要下一個答案地看著我。

啊啊……這是那種在我答出來之前她都不會罷休的猜謎吧。

「跨年。」

「答錯～～！跨年之前，還有另一個節目！」

「除夕。」

第3話

平常囂張的妹妹莫名溫馴，很可怕耶

「……這是明知道答案卻故意答錯吧！小遊大笨蛋～～！」

被發現了嗎？

妳那樣一臉想要我答對的表情，我當然會想捉弄妳一下啊。

「……好的，我是小遊！我想應該是聖誕節！……好的，我是結花！賓果～～小遊，正確答案～～！」

結花似乎不耐煩，一人分飾兩角，結束了猜謎。

這是什麼鬧劇？

接著結花又「嘿嘿」地笑得臉頰都要掉下來似的。

「所以，聖誕節就快到了！好期待喔！很期待吧？應該有夠期待的吧！」

「這是什麼期待的三段動詞變化？雖然妳說得像在問我，絕對只是自己很期待吧？」

「那還用說！我對聖誕節就是宇宙無敵期待，期待得像是窮緊張的聖誕老公公那樣！」

窮緊張的聖誕老公公也不是因為太期待聖誕節才提早來的吧？

我想是這麼想……但結花的眼睛實在太閃閃發光，我就不說這種掃興的吐槽了。

「嘻嘻……和最喜歡的人一起過的聖誕節……這樣人家會融化……」

「結花，妳已經融化了。還沒到聖誕節，妳的臉就已經融化了。」

「唉……不知道氣象主播能不能讓聖誕節那天下雪。我和最喜歡的小遊一起過的第一個聖誕節，如果是白色聖誕節，那就太棒了耶。」

「氣象主播不是魔法師好嗎？」

由於太期待聖誕節，結花的ＩＱ明顯比往常低落。

結花也不管我的這些擔憂，祈禱般雙手交握，自言自語似的說下去：

「約會還是去遊樂園好啊～在聖誕節，兩個人一起恩愛地逛遊樂園！如果還能看到聖誕燈飾，那就更棒了耶～～……」

「呃……還有一個月沒錯吧？」

「那當然！畢竟現在還不是聖誕節啊！」

總覺得雞同鴨講。

這孩子沒救了……腦子已經被聖誕節侵蝕了。

「啊，對了。小遊，我很想要～～……交換禮物耶～～」

「結花，妳最近這樣小鳥依人地討東西的頻率變高了吧？妳一定覺得只要這樣，我就說不出『不行』吧？」

「好想交換禮物耶～～不可以嗎～～？我要哭了喔～～這樣好嗎～～我要哭出來嘍～～？嗚哇～～」

「還嗚哇～～咧！受不了……好啦，那就來交換禮物吧。」

「……嘻嘻嘻，太棒啦！」

「真是的，結花妳愈來愈像小惡魔了。」

「對不起～～可是，結奈有時候也會這樣撒嬌吧？所以我就想小遊是不是喜歡這個！」

唔唔唔……真虧妳看得出來。

同居了半年以上的未婚妻真不是當假的。

結花看著我的這種表情，淘氣地笑了。

「也好期待約會，然後如果下雪就更浪漫，根本棒透了吧？今年聖誕節的最大焦點是——交換禮物！我會在最棒的時機，把最棒的禮物交給你……你可要做好覺悟喔！」

「妳拉高門檻的程度有夠猛的……好，我很期待。我也會先想想什麼禮物會讓妳開心。」

「只要是小遊送的禮物，不管什麼，我都會世界第一開心就是了！」

……我真心希望她不要天真無邪地丟出這種殺手級臺詞。

因為這會讓我不知道該怎麼回應，而且也會難為情。

不過——聖誕節啊……

已經到了這種季節啦……

「咦？小遊，你怎麼啦？看你在發呆。」

「嗯？啊啊，沒事……不對，說到這個，聖誕節那天，好像是妳店鋪演唱會的最後一天？」

《Love Idol Dream！Alice Stage☆》——通稱《愛站》，是由遊戲大廠推出的社群遊戲。

這款有著將近一百名愛麗絲偶像登場的遊戲中，有一顆閃閃發光的星星。

那就是一直照亮我心靈的愛之星——結奈，就是妳喔。

為這樣的她配音的就是綿苗結花，也就是和泉結奈。

為人氣投票第六名的「第六個愛麗絲」配音的聲優師姊紫之宮蘭夢，與和泉結奈組了雙人團體。

沒錯——就是「飄搖★革命」。

「就是啊～～繼大阪和沖繩後，還有名古屋跟北海道公演……最後是在聖誕節的白天舉辦東京公演！」

「對吧？既然這樣，應該沒辦法在聖誕節當天約會——」

「白天！那是白天的公演啦！不是晚上，還有晚上啊！我們晚上約會啊！」

她打斷我，說個不停。

還有點在瞪我。妳先冷靜啦。

「不，我不是說要取消約會啦。只是想到妳的身體狀況，還有行程會不會太累——」

「才不會，約會了就會有活力，反而不約會就會生病，會死！」

結花打斷我的話，機關槍似的說個不停。

感受得到一種說什麼也要死守聖誕節約會的強烈氣魄……

「……大阪公演那時候，妳不就忙得相當累嗎？妳要以身體為第一優先，避免再發生那樣的情形。結花，妳能保證嗎？」

「可以！我，結花，宣誓會好好睡覺，好好吃飯，以萬全的狀況努力做好白天的公演，然後才去約會！」

結花用像在運動會宣誓的調調，高高舉起右手這麼說。

我看結花還是老樣子，就自然而然莞爾一笑。

——震動震動♪

就在這種聖誕節的流程大致談妥的時間點。

我開了靜音模式就放到桌上的手機開始震動。

我想著會是誰，拿起手機一看。

螢幕上顯示的——是我那個笨妹妹打了ＲＩＮＥ電話來的通知。

◆

把ＲＩＮＥ設定好視訊＆擴音後，就看到一名眼神凶惡的少女出現在畫面上。

佐方那由，國中二年級生。

Ｔ恤、牛仔外套配短褲。她頭髮很短，還是給人一種中性的感覺。

噢，說到這個……老爸因為工作需要，和那由一起在國外生活，已經過了一年以上。日子過好快啊。

我正想著這種事，那由就以慵懶的聲調說了：

『哥，今年的聖誕禮物，我要土地。至少要一萬五千坪。』

「……啥？」

聽到這個蠢妹妹一開金口就是這種鬼話，讓我一陣暈眩。

「一萬五千坪，差不多有東京巨蛋那麼大了吧？」

『答得漂亮。我就是想要東京巨蛋那麼大的土地。說起該送妹妹什麼聖誕節禮物，當然就是

土地吧。』

「妳是活在哪個世界線啦……我可不是什麼美夢大哥哥喔。」

『咦……你不打算買？認真的？我家哥哥好糟……太小氣了吧？』

「我不懂妳這樣拱我的意義在哪。」

哪個世界會有哥哥買土地給還在讀國中的妹妹啦。

我們又不是油王兄妹，受不了。

『唉……好吧，那我讓一百步，當作送土地就順便包了生日禮物，我也可以接受喔。生日＋聖誕節＝土地。而且我的生日就快到了。」

「這是什麼莫名其妙的等式……數學家聽了會加上助跑來揍妳一拳。」

『說什麼你都有話講。藉口說到這種地步，根本觸法了吧？』

她說了有夠離譜的暴言。

我是不是該乾脆掛了這鬼丫頭的電話呢……

我正大感厭煩，結花卻在一旁眼神發亮，對那由問起。

「小那，妳生日快到了？」

結果……那由微微壓低聲調回答：

『……我是十二月七日生啦。』

「咦，那不就快到了嗎！哇，不只是聖誕節，還有小那的生日……十二月有好多開心的事情喔！」

『……也沒什麼大不了的。』

那由與結花的亢奮成反比，說話聲音莫名愈來愈小。

虧她剛剛還叫我買土地給她。

為什麼現在會開始沮喪啊，莫名其妙。

「那麼小遊，我們來辦小那的生日派對吧！我會努力做小那愛吃的菜！」

『不用了啦，小結……我還得上學，又回不去。』

「妳那什麼客氣的態度？是生了什麼怪病嗎？」

『哥，你很吵。是怎樣，你是金龜子嗎？』

「這樣啊。的確，要一年回日本很多次，實在有困難……啊！那——就趁聖誕節的時候，連生日的份一起盛大慶祝，怎麼樣？」

透過手機螢幕，看得見那由的肩膀忽然顫動。

接著，那由的頭低得可以看見頭頂——沉默不語。

「……咦？對不起，小那，我是不是說了什麼奇怪的話？」

那由的樣子和平常差異太大，讓結花畏畏縮縮。

然而……那由仍然默不作聲。

「那由，妳從剛剛就很不對勁，是怎麼啦？妳不是這種個性吧？」

『……就說你很吵了，哥。是怎樣，是蚊子在耳邊嗡嗡作響？』

「可不可以請妳不要一再用蟲子來形容別人？」

『總之，今年就不用了。不管是生日……還是聖誕節。』

——聖誕節也不用？

聽到這句話，連我都掩飾不住震驚。

因為以往聖誕節一直是——最重要的「一家人的節日」。

我和那由還一起在日本生活的時候——我們家每年都會舉辦那由的生日派對和聖誕派對。

雖然最近一兩年，由於老爸的工作太忙，也曾經只有我和那由辦派對。

去年她實在沒辦法回國那麼多次，才只能慶祝聖誕節。

即使如此，我和那由不管什麼時候——都會跟家人一起過聖誕節。

所以她會不想過這個聖誕節，就表示——

「我知道了，那由……妳是想策劃什麼大規模的惡作劇吧？」

『……啥？我是認真的好嗎？你是怎樣？』

結果被那由動真格地罵回來了。

咦？也就是說，她是真心打算不回來？為什麼？

『……因為今年，總不能再這樣吧。』

那由對思考跟不上狀況的我，用小得隨時都會聽不見似的音量說：

『聖誕節……是夫妻重要的節日。你去跟小結一起過啦。我去攪局……就太礙事了，我說真的。』

「我要生氣了喔，小那。」

對這樣的那由——

結花彷彿在呵叱她：「不能這樣！」

「小那，我的確有～夠期待聖誕節！覺得和小遊第一次聖誕約會……嘻嘻嘻，那不是棒透了嗎！」

『所以，我果然是電燈泡——』

「可是！和小那一起辦聖誕派對絕對會很開心。所以我……不管是跟小遊約會，還是那由的派對，我都要。」

『……啥？』

那由八成沒料到結花會有這樣的發言，發出傻呼呼的疑問聲。

舉辦店鋪演唱會的最終公演？要跟我聖誕約會約個夠？還要找那由來辦聖誕派對？

結花還是老樣子，說出來的話有夠離譜。

可是同時……我也覺得這很有結花的風格。

雖然亂七八糟，她本人卻極其正經。

而且對於這種天大的難題，她大概又會像沖繩那時候一樣——全力貫徹到底吧。結花這孩子就是這樣。

「死心吧，那由。雖然我不知道結花在打什麼主意，不過她一旦這樣說了就絕對不會妥協。妳就正常回國吧。」

「……等等，小遊你這樣說，不就好像我是什麼任性的孩子嗎～～」

結花在一旁不服氣地噘起嘴脣，但我也沒說錯太多吧。

「……不過也許小遊說對了兩成左右吧。我很貪心，所以……店鋪演唱會我想努力表演好，也想跟小遊約會，還想跟小那一起辦聖誕派對。因為開心的事情全都去做，才會更～～開心嘛！所以——小那，我們一起笑著過聖誕節吧？」

這是結花毫不矯飾的一番話。

對未來大嫂這種率真的話——那由很沒有抵抗力。

『……謝謝妳，大嫂……我會考慮。』

那由回答的聲音比剛才小。

但從瀏海的縫隙間微微可以瞥見的表情——

——像是靦腆地在笑。

第4話 讓我說說關於我家的聖誕節

「感覺今天的小那和平常不一樣耶。」

結花鑽進鋪在我旁邊的被窩，喃喃說著。

「換作平常，小那都會安排各種惡作劇。可是今天的小那啊，一直在跟我們客氣，害我嚇了一跳呢。」

「就是說啊。畢竟是個前科已經達到無期徒刑程度的傢伙，所以會讓人懷疑她不惜假裝客氣來安排惡作劇，是不是已經真的在策劃什麼犯罪了……」

「我沒說這種話啦！小遊把小那當成什麼了啊！」

不不不，我認為我的認知沒有錯喔。

像是叫我們生孩子，搞出奇怪的情境。

還對結花灌輸莫名其妙的觀念，想毀掉我的腦子。

……回想起來，就覺得她真的從來沒搞過什麼好事啊。

真想看看她爸長怎樣。因為我覺得她爸絕對長得一臉會為了自己出人頭地，就讓兒子去跟大主顧的女兒結婚的樣子。

「小遊你也真是的。小那的確會做一些讓人有點傷腦筋的惡作劇……但她明明是個很喜歡哥哥的可愛傲嬌妹妹嘛。」

「…………？啊啊，妳該不會是在說二次創作出來的那由？」

「才不是！我說的是原版的小那！小那會用各種方法招惹小遊，也是因為小那太喜歡小遊了吧！」

「這是妳的感想，沒錯吧？」

「小遊怎麼就是不懂啦，真是的！」

我還被罵了。

還不是因為結花……一直說她傲嬌什麼的。

那由對我根本沒有嬌成分吧。

永遠是零。百分百濃縮還原的傲。

我正發呆想著這樣的念頭……就看見結花唔的一聲面有難色。

她連頭都鑽到被窩裡。

然後立刻只露出眼睛。

「……我是神。」

「妳沒頭沒腦演什麼短劇？」

「不是短劇。神在問你……你是否認為跟小那講電話時的小結太任性了？」

「什麼？跟那由講電話……噢，就是說演唱會、跟我的約會，還有要找那由來辦聖誕派對，這些全都要做的那個時候？」

「對……你會不會開始厭惡任性的小結？……神很在意這件事。」

「別搞什麼奇怪的設定，直接問好嗎！我才沒有這樣想！」

「嘻嘻嘻……神要回去了。」

神＝結花再度將頭縮進被窩。

接著又把脖子以上都露出來。

「奇怪？我好像聽見了神說話……」

「妳還要繼續這個設定喔？真是的……我沒有討厭結花啦，放心吧。」

「好～～對不起～～」

結花似乎是聽了我的話之後放下心來，小小吐了舌頭，像個愛惡作劇的孩子般笑了。

我本以為天神短劇就這麼結束，結果──

「我是覺得小那和平常不太一樣沒錯，不過啊……我隱～～約覺得小遊也和平常不一樣。」

結花忽然說出這種直指核心的話——讓我一瞬間說不出話來。

「是……是嗎？」

「嗯。小那說不回來的時候，雖然只有一點點……我覺得小遊也露出了寂寞的表情。如果是我誤會，那就對不起了。」

「……不。嗯……也許真的有吧。」

結花純真的眼神——

讓我感受到自己非常想跟她說。

說出對佐方家而言，聖誕節是怎麼回事。

「因為聖誕節是個特別的日子啊，無論對那由……還是對我。」

◆

——那由直到小四，給人的印象和現在完全不一樣。

「欸，哥哥！你看你看！我學會跳戀戀舞了！」

「啊～～我們班上的女生也常在走廊上跳耶，戀戀舞。」

順便說一下，當時的我讀國一。

說是黑歷史都客氣了……那個時期的我正開始變得有夠得意忘形。

雖然喜歡動漫，但不分男女都能輕鬆攀談……雖然是御宅族，卻又是個開朗角色，是個「吃得開的人」。當時我就是這麼高估了自己。好想死。

「不要說什麼其他女生～～！我比她們可愛好嗎，哥～～哥～～！」

「那由，別拉我衣服啦，會拉壞會拉壞！我說啊，我已經是國中生了。國中女生身上，沒錯……會有一種成熟的嫵媚。」

「哼～～又比不過年輕！你看，我的皮膚比她們滑嫩吧！」

…………現在回想起來，還是會覺得：「這是誰？」

話很多，愛黏人，身體接觸也多。

無論對家人還是朋友，都很愛強調「我很可愛吧？」——那由以前就是這樣一個女生。

記得她的頭髮也留得和現在的結花差不多長。

瀏海和兩側的頭髮都修得平平整整，也就是所謂的公主切髮型。

服裝也和現在不一樣，穿的盡是些滿滿荷葉邊的粉紅色衣服。

這樣的那由直到國小低年級都非常受歡迎。

可是……當她升上國小高年級。

她這種路線似乎漸漸——被大家認為「看不下去」。

被一些嗓門大的男生取笑是「裝可愛」。

被部分女生圈子指稱是「討好男生」。

這樣的情形——愈來愈多。

「喂～～那由，在叫妳吃飯了啦。」

我一邊敲著那由的房門一邊說道。

「……媽媽，回家了嗎？」

「說是今天也要工作到很晚，所以吃泡麵。」

「……不要。人家在減肥。」

那由只說到這裡就不再回話了。

我死了心，正要下樓，就聽到老爸在樓下講電話的聲音。

「……咦？沒辦法回來？我知道妳忙……不，我不是這個意思……」

啊——夫妻又在吵架了嗎？

我突然沒了心情，心想也別吃晚餐了，便折回二樓。

然後……我在那由房門前停下腳步。

「我說，那由，妳出來啦……那是叫戀戀舞？那個，跳給我看。妳不是變得超會跳了嗎？」

「……我不會再跳了啦。」

我聽見那由用像是隨時都會哭出來的聲音說出這句話。

在學校愈來愈常被取笑，讓那由總是把自己關在房間。

不巧就在這陣子，老爸和媽媽也處得不好。

我想對那由而言，那時候無論家裡還是學校……都不是能夠安心的地方。

於是那由就在即將放寒假時——不去上學了。

◆

「小那也……曾經拒絕上學？」

結花說著，眼眶已經微微含淚。

「時間不是那麼長啦。像我的話，時間就更短了。我和那由，跟妳受傷的程度比起來，沒什麼大不了——」

「心靈受的創傷，才沒有大小的分別！」

結花以斬釘截鐵的語氣說了。

「而且，不只是小那……那陣子小遊也很難過吧？小那變得沒有精神，家裡狀況也很艱難的時候——一定會很寂寞。」

「不會……也許會吧。」

我很想逞強，卻辦不到。

因為結花露出了……像是隨時會替我哭出來的表情。

◆

——那由拒絕上學後，更加不離開房間了。

以前那麼活力充沛又愛說話的那由變得安靜。

老爸和媽媽關係很尷尬。

也是……我想結花說得沒錯，當時我自己也很寂寞。

所以，我也曾想設法解決。

當時讀國一的我——採取了毅然決然的行動。

「那由，我要開門了。」

「咦，等……哥哥，不要突然進來啦！」

我不等那由答應就喀嚓一聲開門，進了她房間。

穿著睡衣的那由急忙鑽進被窩，把自己捲得像隻毛毛蟲。

「……妳頭髮都亂糟糟的了。」

「都不重要了啦……就算弄得很漂亮，也只會被取笑嘛。」

「那試著弄成帥氣的感覺怎麼樣？說不定意外地搭。」

「……反正不管做什麼樣的打扮都不行啦，一定是這樣。」

那由連臉也沒露出來，有一句沒一句地回。

接著——她語帶哽咽。

「我就是被大家討厭啊。不管變成怎樣的『那由』……誰也不會喜歡我！」

「——沒那種事好嗎！」

聽那由這麼說，讓我一把火上來。

我一口氣掀開——那由蓋著的棉被。

從中出現的是哭花了臉，全身發抖的那由。

「笨……笨蛋！不要這樣，不要看我啦！不要看我……這個樣子啦。」

「說誰也不會喜歡妳是怎樣？那我呢……不管妳變成怎樣的妳，我怎麼可能會討厭妳！」

我忍著視野變得模糊，努力擠出聲音說：

「那由就是那由。不管是現在的那由，還是以後的那由……對我來說，永遠都是我最寶貝的妹妹。所以，不會變的。只有這件事……絕對不會變。」

「……哥哥。」

然後我把手輕輕放到那由頭上。

就像小時候那樣，輕輕摸著她的頭說：

「對了，聖誕節就快到了。我會幫妳搞得超級盛大，妳可要好好期待啊。不管是今年還是明年，以後也一直是這樣……至少聖誕節我們全家人要一起慶祝，絕對要。」

——之後過了年，新學期開始了。

「……那麼，哥，我走了。」

請假期間，那由剪去了一頭長髮。

她用俐落的口氣這麼說完——又開始上學了。

「就是從那個時候開始的吧。那由變得很毒舌，打扮也變得很中性。」

◆

虧她以前還會說「我要跟哥哥結婚！」這種可愛的話呢。

她也是從一個極端變成另一個極端啊。

雖說不管是怎樣的那由都好……只有那種讓人不知道該怎麼應付的惡作劇，實在是希望她收斂點。

「說來是有過這樣的約定。所以聖誕節就成了我們『全家人的節日』，這些年來每年都一起過。之後沒過多久，老爸跟媽媽就離婚了，所以更加覺得……至少聖誕節要好好過。不管是我……還是那由，都這麼想。」

可是那由那傢伙……卻說出聖誕節不回家這種不像她會說的話。真不知道她在打什麼主意。

——我正想著這種事。

結花就唐突地鑽進我的被窩……用力抱緊了我。

「喂！結花，妳怎——」

「不管是小遊還是小那……一定都很難過吧……你們都很努力吧……！」

結花流下大滴的淚水，把我擁在懷裡。

然後就像我國一時對那由做的那樣——輕輕摸了摸我的頭。

「希望小遊和小那今年也能笑著過聖誕節……」

由於很難為情，起初我還想推開結花。

但她軟軟的、暖暖的，有種令人懷念的氣味。

讓我……很難和她分開。

我乖乖任由結花擁抱。

帶著比平常平靜的心情——進入夢鄉。

第5話 【不妙】當聲優的經紀人與特攝鐵粉相遇……

「咦，鉢川小姐？」
「你好，遊一。」
打開玄關門一看，站在那兒的是一名在白襯衫外披著黑色外套，像是幹練社會人士的女性。
明亮的咖啡色短鮑伯頭。
嘴唇塗了粉紅色的口紅。
身材苗條，從窄裙下露出的雙腿十分修長……說她其實是模特兒也會覺得很貼切。
她是鉢川久留實小姐。
任職於聲優經紀公司「60P製作」，是和泉結奈的經紀人。
「啊，久留實姊！早安！」
結花從客廳出來，快步走到我身旁。
然後不改臉上的笑容，歪過頭。
「不過，請問是怎麼了呢？突然跑來家裡……」

「結奈！真的很對不起！」

鉢川小姐打斷結花的話，這麼說道。

她深深一鞠躬，角度將近九十度。

事出突然，讓我和結花面面相覷。

「久……久留實姊，請妳抬起頭！沒有什麼事情需要這樣道歉的！」

「我，鉢川久留實，此次在沖繩店鋪演唱會之際，雖說是出於車子爆胎這種意料之外的事態，但終究大幅打亂了自己負責的聲優和泉結奈的行程。事態發展至危及店鋪演唱會的舉辦，身為負責的經紀人，深感遺憾——」

「請不要這樣，不要在我們家前面搞得像是在開道歉記者會好嗎？鄰居看了會以為我們家有問題！」

「這些意見我也將誠摯地接受，避免今後再發生這樣的……」

「就說請妳先進來再說了啦！鉢川小姐！」

「不，像我這樣的人，沒有臉進去叨擾……」

「就說妳不進來更會給我們添麻煩！」

事情弄得太沒完沒了，讓我不由得扯開嗓子大吼。

反省過了頭，也會讓人覺得還不如不要反省……

總之，我和結花努力說服她，說什麼也要請她先進家門再說，結果——

「嗯？結結你們在做什麼？」

就在這樣的時機——

二原同學從鉢川小姐身後冒了出來。

她穿著白色收腰長版上衣搭配牛仔短褲。

脖子上戴的項鍊有著百合花似的墜子。

「……嗯？我好像在哪兒看過這身打扮。」

「喔，佐方你眼力真好！呵呵呵……花語是純潔！盛開的白色百合花——滿開莉莉！」

「啊，我知道了！桃桃穿的是滿開莉莉的便服啊，小遊！」

啊～～的確。

每週日播放的特攝節目《花見軍團滿開戰隊》——裡面登場的滿開莉莉這個角色，變身前就是穿成這樣。

二原同學上次是模仿滿開向日葵的便服，這也算是一種Cosplay吧。

我身邊有在Cosplay的人會不會太多了點？

「不過現在就不說這個了……你們在家門口爭執什麼啊？這位小姐是推銷員嗎？」

「呃、呃，我不是推銷員，該說是平常承蒙結……結花小姐關照的人嗎……」

遇到辣妹唐突地跑來插話，鉢川小姐回答時很小心選擇遣詞用字。

噢……說起來這兩位還是第一次見面？

站在鉢川小姐的立場，實在不能擅自洩漏結花是聲優這樣的個人資訊。她解釋得有夠含糊。

也因為這樣，二原同學才會摸不著頭腦吧——只見她歪頭納悶，繼續對鉢川小姐追問：

「承蒙她關照？穿正裝的小姐，承蒙結結關照？嗯～～……是親戚之類的關係嗎？」

「不……不是，我們沒有血緣關係，但結花小姐為我們非常努力。還有遊一，也為我們費了很多工夫……」

「結結很努力？讓佐方費工夫？原來如此……我懂了！是那個吧，妳是佐方的第三夫人！」

「二原同學，妳腦袋會不會太滿開了？」

是要有怎樣的思考回路才會得出這樣的結論？

第三夫人是什麼東西啦？

「咦，不是嗎？佐方的正室不是結結嗎？然後想念胸部時的第二夫人不就是我嗎？所以我就想到她是不是第三夫人。」

「二原同學，可以請妳暫時閉嘴嗎？」

「想念胸部的時候？遊一，這這這，這是怎麼回事？要是醜聞繼續增加，連我也袒護不了……嗚嗚，肚子好痛……」

「鉢川小姐，請妳不要把這辣妹的鬼話當真好嗎！啊～～真是的……結花妳也幫我跟她們兩個解釋解釋……」

「哼～～」

——什麼？

結花在莫名其妙的時間點鼓起了臉頰。

這種豈有此理的四面楚歌，我還是第一次見識到。

「呃……結花同學？」

我戰戰兢兢地對結花這麼一問。

結花仍然噘著嘴……說道：

「小遊你這個胸部笨蛋……」

「誰才是笨蛋啦！這種話我一句都沒說好嗎！」

哎——事情差不多就是這樣。

特攝辣妹二原桃乃與和泉結奈的經紀人鉢川久留實，這個另類的組合。

就在離譜的大動亂當中完成了第一次相遇。

……真的是饒了我吧。

◆

「哎呀～～話說回來，我可真沒想到竟然會是結結的經紀人啊～～害我嚇了超大一跳！」

「不不不，一開始就聯想到第三夫人才奇怪吧……」

「我才差點嚇得暈過去呢。光是聽說結奈有未婚夫的時候就已經面無血色，結果這個對象竟然還出軌……我心想這下完了吧。差點都要逃避現實，想著乾脆結婚退休去了……」

「咦，結婚？鉢川小姐交到男朋友了嗎？」

「——啥？沒有啊。我是妄想，怎麼了嗎？」

她莫名認真地對我耍狠。

明明是她自己提起的話題……真是豈有此理。

「倒是結結，這蜂蜜蛋糕有夠好吃耶。」

「嗯，很好吃吧！久留實姊，我從沒吃過這麼好吃的蜂蜜蛋糕呢！」

「這是為了表達歉意，我就想買好一點的。這家店很有名呢。」

「啊，我知道我知道！這家店超受歡迎的吧？是貴到我們高中生買不起的那種。哎呀～～果然職場女性就是不一樣～～感覺這就是大人？」

「會……會嗎？不過，我好歹也是社會人士了，自認身為成年人是準備了像樣的東西喔。」

「嘻嘻嘻……謝謝妳，久留實姊！」

——感覺三個女生和樂融融，聊得很起勁。

少女話題成分太高，讓我只能在一旁喝茶。

倒是二原同學和鉢川小姐，今天是第一次見面吧？

兩位若無其事地話題一個接一個耶……

辣妹和聲優經紀人真不是當假的，社交能力的等級完全不一樣。

「好的！我要問問題～～久留實姊身材好，長得又漂亮。聲優的經紀人外表都打理得這麼用心嗎？」

「真是的，桃乃妳喔，誇我也什麼好處都沒有喔。經紀人有很多類型……不過以我的情形來說，是有用心在化妝和服裝打扮吧。因為我想確實切換下班跟工作模式的時候。」

「不妙，真不愧是社會人士！也太帥了吧？」

「真是的，別這樣啦～～桃乃～～」

鉢川小姐……妳一臉受用的表情太明顯，應該說已經快要變成下班狀態了耶。
畢竟鉢川小姐如果沒有打開工作開關，就會像個單純喜歡聊戀愛話題的女大學生。
「嘻嘻嘻！桃桃跟久留實姊這麼要好，真令人高興呢，對吧，小遊？」
結花看著她們兩人，露出天真的笑容。
因為結花最喜歡的就是大家都展露笑容。
看到自己重要的朋友和重要的經紀人變熟——她多半是由衷感到開心吧。
「……久留實姊，以後結結也要承蒙妳多關照了。」
二原同學往旁瞥了結花一眼。
然後站起來——深深一鞠躬。
「桃……桃桃？」
「結結她善良又可愛，對什麼事情都能真正去努力，是我非常喜歡的一個朋友。我待在她身邊時會非常支持她，她有困難時我也會幫助她，可是……聲優的工作，我就實在不懂了。久留實姊……還請妳多多關照。」
「這樣啊……結奈，妳身邊有很棒的朋友呢，我放心了。」
鉢川小姐看著二原同學，心有戚戚焉地說了。
「結奈剛出道時，總給人一種沒自信的感覺，顯得很不安……坦白說，我一直很擔心她。可是，不知不覺間……結奈經常能很自然地笑了。用一種閃閃發光，很耀眼的笑容。」

「啊，我懂！我在影片裡看過！變成和泉結奈的結結有夠閃閃發光的！」

聽鉢川小姐說完，二原同學猛地抬頭一笑。

看見二原同學這樣，鉢川小姐微微一笑。

「我本來以為結奈會有這樣的改變，是多虧了『談戀愛的死神』先生——遊一。不過，原來不是只有遊一。桃乃——謝謝妳這麼支持結奈。」

「……咦？啊，沒有啦……我沒那麼……」

二原同學一被誇獎就開始吞吞吐吐。

她用指尖玩著瀏海，靦腆地低下頭。

「我也——最喜歡桃桃了！」

結花對著難得表現出這種態度的二原同學——給了她一個緊緊的擁抱。

然後看看鉢川小姐，又看看我，露出滿面笑容。

「我很喜歡桃桃，也好喜歡久留實姊！還有，嗯～老家的爸媽還有勇海我也都好喜歡，也好喜歡小那……總之！謝謝大家平常這麼照顧我！」

——就是結花的這種坦率吸引了大家吧。

雖然結花對於不習慣的對象還很不會溝通。

但對親近的人總是直接表現出最率真的心意。

正因為結花這樣，我也……

「啊，呃……還有喔，嘻嘻嘻～～……我特別喜歡小遊，比對大家的喜歡還要更～～加喜歡喔！」

——在我完全沒料到的時機丟出的爆炸性發言，讓我不由得噗的一聲噴出茶。

不不不，慢著慢著，現在不是只有我們兩個人在耶。

聽到這種爆炸性發言，二原同學和鉢川小姐會……

「來喔，輪到佐方的回合了吧。」

「我就知道二原同學一定會這麼說……」

「遊一，我就站在成年人的立場說幾句話喔。你不可以變成那種當女生對你表露心意的時候還顧左右而言他的男人！真的……那種傢伙啊……唉。」

「鉢川小姐，妳這話夾帶私怨了吧！」

「好好好，就別扯開話題了。結結也想聽——佐方對『特別喜歡』這句話的回答吧？」

「嗯！想聽！」

我這個太坦率的未婚妻立刻就回答了。

讓二原同學和鉢川小姐都愈來愈起勁。

好一陣子……我落得不斷被兩名女性鼓譟的下場。

——這樣的率真就是結花的魅力，這個我懂。

不過在她們面前，實在是希望她可以……多自重一點。我懇切地這麼想。

第5話

【不妙】當聲優的經紀人與特攝鐵粉相遇……

第6話 由於未婚妻不在，我決定找損友一起玩

「沮喪～～……」
直接把沮喪化成言語講出來的人，我還是第一次見到。
結花身上滿是吐槽點……但她在玄關垂頭喪氣，實在不是可以吐槽的氣氛。
「好寂寞喔……小遊～～……」
「不要這樣一臉要哭的表情。要是在演唱會上沒精神，會很傷腦筋吧？」
「說不定我在演唱會開始前就會孤獨死了。」
「太誇張了吧！只有今天不在家啊！」
「可是，我們今天就見不到了嘛。人類沒有氧氣很快就會死的。」
原來我是氧氣嗎……
我正想著這些沒營養的念頭，結花就鼓起臉頰。
啊啊，這完全是開啟鬧情緒的小朋友模式的結花啊。

——事情是從《Love Idol Dream！Alice Radio☆》這個節目開始的。
天真爛漫，隨時都在散播可愛笑容的愛麗絲偶像結奈，聲優是和泉結奈。
嚴以律己的冰山美人，目標是成為愛麗絲偶像頂點的蘭夢，聲優是紫之宮蘭夢。
路線南轅北轍的這兩人。
以太危險的談話內容為網路圈子帶來震撼。
一個空前絕後的神團體就此誕生。
沒錯，這個團體的名稱就是——「飄搖★革命」！

「……等等，這我知道！因為我就是『和泉結奈』！」
啊，我忍不住把心裡的念頭說出來了。
可是，「飄搖★革命」就是這麼有魅力，讓我忍不住想用紀錄片的語調來描述。
無論結奈還是「飄革」——都太神了，讓我想哭。

「是啊……今天是要在當地過夜的名古屋公演。當然，我會為了等待和泉結奈的大家努力！想是這麼想……可是一想到沒有小遊在的夜晚，就會有夠寂寞嘛……」
大阪公演那時候是排當天來回的行程。
結花因為不習慣的遠征而弄得精疲力盡，在回程的新幹線上累倒了。

鉢川小姐似乎是記取了這個教訓，難得以強勢的態度說：「這次不過夜不行！」

——所以，這也就導致從我們開始一起生活以來，我和結花第一次要分處兩地過夜。

「原來小遊都不寂寞～～……我都這麼沮喪了～～……」

「我怎麼可能不寂寞呢，結花？」

結花像是隨時都會哭出來，我慢慢摸著她的頭。

我以風平浪靜的大海般平靜的心——將我最原本的想法告訴她：

「妳不在，我也很寂寞。可是，『飄搖★革命』這個奇蹟……要說是結奈的粉絲誕生在這世上的理由也不誇張。所以，要是我這個時候留住妳——我想會出很多人命。」

「等一下！怎麼想都太誇張了吧！」

「所以我不是站在佐方遊一的立場，而是站在『談戀愛的死神』的立場——有著必須送結花，送和泉結奈出門，讓她去名古屋的使命。因為這場演唱會不只是一場演唱會！是為了淨化所有結奈粉絲的靈魂而辦的——救世的儀式！」

「就說太誇張了啦！不要擅自把店鋪演唱會說成儀式好嗎，真是的！」

我明明說得條理分明，卻讓結花更生氣了。

結花由下往上瞪著我……然後嘆了口氣。

「雖然小遊的說法太誇張……不過，粉絲都非常期待，這種事情我還懂。所以——我也很期待演唱會，而且絕對要好好努力。」

結花斷斷續續地說著，我一邊點頭一邊靜靜地聽。

……要說這個，我也明白啊。

明白結花很珍惜粉絲，明白她想在店鋪演唱會為大家帶來笑容。

也明白即使如此，她還是因為跟我分開會寂寞……才會想在最後多撒撒嬌。

「來，結花。」

正因為明白，我……主動張開了雙臂。

結花先朝我臉上瞥了一眼。

然後——輕輕撲到我懷裡。

「我要出門了，小遊……等我回來，可以多跟你撒嬌嗎？」

「路上小心，結花。我真心支持妳們演唱會成功——等妳回來，我會奉陪到妳滿意為止。」

「……嗯，謝謝你，小遊……我最喜歡你了。」

於是結花出門去兩天一夜的名古屋遠征。

結花離開後，我忽然發現房間裡非常安靜。

——我在結花面前說了那些逞強的話。

第6話

由於未婚妻不在，我決定找損友一起玩

但我也覺得……挺寂寞啊。

◆

「唔喔喔喔喔！遊一～～！我抽到蘭夢大人的UR卡啦～～～～！」

我正抽著《愛站》的卡，阿雅就在我眼前吼著站起來。

我這個像野獸一樣嬉鬧的損友——是倉井雅春。

他吵鬧得有點不能見人，不過反正是在他房間，就算了吧。

沒錯，我現在來到阿雅家玩。

——因為沒有結花在的家裡太安靜，讓我靜不下心。

雖然有阿雅在又會太吵，所以這裡也有另一種無法靜心就是了。

「遊一……今天的我抽卡運好得可怕啊。這樣豈不是提前拿到了聖誕禮物嗎……」

說著還顫抖了起來。

「來找你的聖誕老人帶的是好卡嗎？」

「說什麼傻話，我的聖誕老人——是蘭夢大人啊。她會帶來夢與希望給我……唔！看見了，我看見了……看見全宇宙最適合當聖誕老人的蘭夢大人！」

「你說真的嗎？」

接二連三的瘋狂發言讓我嘆了口氣。

你冷靜一點好嗎？

「我說啊，阿雅，我話先說在前面……全宇宙最適合當聖誕老人的，是結奈好嗎？你冷靜想想。」

「在你心中多半是這樣吧……在你心中。」

還給我剽悍地笑了。

這傢伙好不適合剽悍的表情啊。

「不過……多虧蘭夢大人的ＵＲ卡出了，空氣都好新鮮啊。沒能去看『飄革』名古屋公演的悲傷都像不存在過似的給我當場放晴了。」

「不要自己一個人進入賢者模式啦，看了就生氣。唉～～……為什麼結奈就是不出來呢……出流都已經重複三次了。是不是只有我的抽卡出了Ｂｕｇ啊？」

「我看是素行的好壞反映到了抽卡運上吧？」

「我日子至少過得比你像樣就是了。」

「遊一，你太天真了。我啊……哪怕正在上課中、在家吃飯，都一直在抽卡啊！所以是抽卡之神在對這樣的我微笑啊！」

你素行也太差了，最好被罵個半死。

我側眼看著得意忘形的阿雅，先將手機收進口袋。

「唉……總之，我先空一段時間，等抽卡運回來再說。」

「那趁這時間來看那個吧。《人類盡是未婚妻》——這可穩坐這一季動畫霸主寶座啊，是那種看ＰＶ就看得出來的程度。」

——他唐突地提到「未婚妻」這個字眼。

讓我不由得全身一顫。

阿雅看著這樣的我，狐疑地「啥？」了一聲。

「怎麼，你沒興趣？那要換那個嗎？我最近買了《除以五的未婚妻》的活動藍光。」

「……你為什麼這樣狂推未婚妻檔？」

「啥？我才沒有挑分類。如果你不想看愛情喜劇，那要換成那個嗎？就是在網路上討論得很熱烈，最終回主角突然換掉——」

我還提防又是未婚妻陷阱，但看來不是。

真的是很容易讓人誤會耶。

——最終我們兩人討論的結果。

決定再次修習在官方頻道發布的《愛站》相關影片。

「……琉衣跳起舞來果然非常俐落啊。這實力確實夠格被選進『八個愛麗絲』。」

「嗯……不過啊，遊一，我還是太喜歡——蘭夢大人的角色歌〈亂夢☆流星紫〉了啊。」

「我懂。這不是推角不推角的次元了，蘭夢的歌唱力不得不說是異次元。」

「蘭夢大人冷冷的歌聲，配上結奈公主可愛的歌聲，變成完美的合音……『飄革』的〈夢想絲帶〉已經是國歌了吧？」

「早就超過國歌，是全地球的主題曲了吧。」

我和阿雅目不轉睛地看著畫面聊天。

《愛站》玩家和《愛站》玩家會互相吸引。

果然跟阿雅一起玩就是不用在乎旁人眼光，可以很放鬆……

「我說，遊一，我說這話很怪……不過看著今天的你，我就放心了。」

「……啥？」

我整個人早已穿越到畫面另一頭的世界，卻聽到阿雅說起這種奇怪的話。

我心想是怎麼了，轉頭看向阿雅。

「你沒頭沒腦說什麼啊？不好意思，如果是要搞ＢＬ，可以去別的地方搞嗎？」

「才不是咧，笨蛋。我只對美少女有興趣好嗎？我不是說這個……是想到好多年沒在這個時期看到有精神的遊一了。」

「這個時期？」

「你啊，每次快到聖誕節不都會心浮氣躁嗎？從差不多國一那時候開始，一直都是。」

——啊啊。

搞什麼，你不是只對美少女有興趣嗎？

虧你觀察這麼入微……老交情真不是混假的。

「連你國中還很活潑那時候……也只有聖誕節這天一定會早早回家吧？連來夢他們找你參加聖誕派對，你都會當場拒絕啊。」

「……不要說我活潑。挖出別人的黑歷史可是犯罪啊。」

我覺得尷尬，所以用玩笑回應。

但實際情形就是阿雅說的那樣。

因為我從國一那時候就決定只有聖誕節這天——要跟家人好好過。

「阿雅你也知道吧……我國一那時候，家裡狀況很糟。」

「我們都老交情了嘛。」

「……畢竟那時讓那由受了很多苦。像是國小的事，還有爸媽爭吵，發生過很多事情。後來還有媽媽離開，我在國三被甩掉以後繭居之類——所以我希望至少在聖誕節能為她做點像哥哥會做的事。」

「遊一你這種地方……我可是由衷尊敬啊。都要愛上你了。」

「囉唆。」

我們說到最後變得像在對罵——但正好用來掩飾難為情。

我和阿雅還是聊些沒營養的事情最自在。

「不過，雖然我不知道發生了什麼事……感覺最近的你表情變好了。和國中時很活潑的你又不一樣，變得很平靜。」

「你一直在講什麼啦？目的是我的身體嗎？」

「別開玩笑了，白痴。不過，是什麼都好啦……只要你過得好，那就再好不過了。」

——老交情；損友；一起玩《愛站》。

阿雅雖然滿口鬼話，本質其實很為朋友著想。

這話光要說都很難為情——但要形容我們的關係，「密友」這個詞大概是最貼切的吧。

「……我說啊，阿雅，其實——」

我對老交情的阿雅……

說出了──一直說不出口的事實。

「這件事有一陣子了，我……有了未婚妻。」

「我知道。不就是結奈公主嗎？」

──咦？

阿雅立刻理所當然似的回答，讓我說不出話來。

「咦？阿……阿雅，你知道……」

「那還用說。你也不想想我跟你在一起多久了。」

這樣啊……原來阿雅你早就發現啦？

發現我和結奈的聲優和泉結奈──綿苗結花訂了婚。

阿雅，你好厲害啊。

你太推蘭夢，終於連自己也得到了紫之宮蘭夢等級的洞察力──

「順便告訴你，我已經結婚啦！和蘭夢大人！」

「……………啥？」

急轉直下的白痴發言讓我發出怪聲。

阿雅看都不看我一眼，開始主張：

「蘭夢大人她啊，結了婚以後……意外地有些地方很廢耶。像遊戲裡的事件，偶爾會描寫到吧？描寫蘭夢大人在私生活中做出奇怪的事情……在身邊看到這樣的情形，那種落差更是讓人受不了！」

「這是你的妄想吧？」

「你幹嘛突然翻臉不認人啦！要這樣說的話，你和結奈公主的婚約不也一樣嗎！」

我收回前言。他和紫之宮蘭夢完全不一樣。

阿雅還是阿雅……穩得令人放心。

☆眼淚都要飆出來了……因為小遊不在嘛☆

「辛苦了，結奈。妳的舞蹈動作比前陣子更俐落了。」

「謝……謝謝誇獎！蘭夢師姊！」

我們「飄搖★革命」順利完成名古屋公演，回到後臺休息室。

這時蘭夢師姊誇了我……讓我開心得幾乎都要跳起來了！

畢竟蘭夢師姊是我尊敬的師姊，又是一起組團的搭檔——是這樣的她誇了我嘛。

「結奈，妳怎麼了？看妳在笑，可是表情比平常陰鬱。」

「咦！是……是嗎？」

蘭夢師姊以平淡的口吻一針見血地指出這點。

突然被指出這種情形，會讓我變得形跡可疑啦。

「算了，沒關係……因為不管妳心中如何，在正式表演時都能以像樣的笑容表演完。結奈，妳盡到了身為職業人士的使命。」

「啊，呃、呃……謝謝師姊。」

「只是——妳要小心，不要有那麼一天讓這些感情變成了枷鎖。畢竟只是一天，就讓妳受到了這麼大的影響。」

嗚……該不會都被蘭夢師姊看穿了？

看穿我沒有精神的理由是跟「弟弟」分開很寂寞。

蘭夢師姊，還是一樣像個超能力者。

「還有……沒錯，應該也有那種分開時才更能體會的可貴。我想，如果妳能讓自己更堅強一點會很好。」

蘭夢師姊說完，轉身背對我。

以平靜的聲調——這麼說了：

「而且妳的『弟弟』……不是分開一下子就會變的人。大概吧。」

◆

「嗚～～……蘭夢師姊說的話，我也懂啦……」

久留實姊為我訂的旅館房間裡。

☆眼淚都要飆出來了……因為小遊不在嘛☆

我在床上胡亂擺動手腳，一個人自言自語。

已經十點了耶。換作是平常，這是我和小遊在客廳聊天的時間。

可是……今天我已經好幾個小時都沒聽見小遊的聲音。

「嗚喵～～！人家都要發瘋了啦～～！」

我擺動雙腳，大聲呼喊。

看在旁人眼裡，我一定像個傻子吧。

可是，我就是這麼寂寞，有什麼辦法嘛。

「唉……我啊，為什麼偏偏在這種時候把手機忘在家裡呢……我太粗心了啦……」

沒錯。

照當初的計畫，我打算等演唱會結束就要打電話給小遊。

可是……我真的嚇了一跳耶。

打開包包，手機沒在裡面！

我發現自己一大早就太沮喪，結果忘了放進去！

雖然我也想過跟久留實姊借手機這個點子，可是……我們不是住同一間旅館啊～～……

記得她是說，經紀公司說聲優的住宿費沒關係，但經紀人的住宿費要節省，所以她要去住膠囊旅館。

久留實姊，對不起，每次都讓妳辛苦了。

「……啊，對喔！只要用旅館的電話打就行了！」

我說不定腦筋超級好的！

好～～就打電話給小遊～～！

……想到這裡，我才驚覺不對。

就是啊。用智慧型手機只要在電話簿裡的「小遊」這個名字上點一下，所以——我根本沒好好記住電話號碼嘛。

「……我也太沒有危機處理能力了……」

我沮喪地又把頭埋到枕頭。

回到家後，得記住小遊的電話號碼才行吧……唉。

——嘟嚕嚕嚕嚕♪

「哇！」

我正垂頭喪氣，旅館的電話就突然響起。

會是什麼事情呢？我這麼想著一接電話，結果——是櫃臺的人打來的。

☆眼淚都要飆出來了……因為小遊不在嘛☆

『您有訪客。這位客人說叫作佐方遊一，請問可以讓客人過去嗎？』

「小遊？好……好的！麻煩你們了！」

咦？咦？小遊……來到旅館？

萬萬沒想到小遊他……竟然來到名古屋給我驚喜？

呀～～！好開心～～！喜歡～～！

——這時我聽見了叩叩兩聲敲門聲。

嘻嘻，是小遊～～……我嘴角上揚打開門一看——

「嗨，結花。我是和遊哥一樣愛妳的可愛妹妹——勇海喔。」

「滾回去。」

看見的是一臉裝模作樣的表情的妹妹。

所以我用力關上了門。

勇海從外面把門敲得叩叩作響，但我要當作沒聽見！

「結花，妳先開門再說吧？一個陽光型男被趕到旅館走廊，會有奇怪的傳聞傳出去吧？」

「囉唆，笨蛋～～！冒用小遊的名字這種卑鄙的方法——我絕對不原諒！」

「因為要是不這麼做，妳說不定就會把我趕回去啊。」

「那還不是因為妳每次都把我當小孩子看待！如果妳是有正當的理由過來，我會正常請妳進來！」

「我只是……想到遊哥不在，妳會像隻怕寂寞的小貓咪一樣哭泣，才來擁抱妳到早上耶。呵呵……結花就是愛撒嬌。」

「妳明明就只是來拿我當小孩子哄嘛～～！妳回去啦～～！」

真是的，氣死人～～！

勇海每次都這樣捉弄我！

她平常作為女扮男裝的型男Cosplayer，聽說非常受女生歡迎，可是……在我看來，她就只是個麻煩的妹妹。真的！

順便說一下，待在外面的勇海穿的是平常那身執事般的服裝。

為什麼來姊姊下榻的旅館要女扮男裝啦？還戴了有色隱形眼鏡。

「對不起啦，結花。啊……旅館的人走過來了！不妙，結花，再這樣下去，我會被當成可疑人物！」

「妳本來就像是可疑人物吧！因為妳假冒小遊，還來到我的房門前！」

敲門聲愈來愈大了。

☆眼淚都要飆出來了……因為小遊不在嘛☆

真是的……雖然很火大，但我實在不希望親妹妹被逮捕，所以也沒辦法。

因此，我心不甘情不願地正要開門——

——腦中閃現了超棒的點子！

「唉，搞得我好慘……結花，謝——」

「勇海，這是我一輩子的請求！手機借我！」

「咦？是……是沒關係啦……為什麼？」

畢竟小遊和勇海是未來的姻親，已經互換了聯絡方式嘛。

……嘻嘻嘻，這樣一來，就可以和小遊說話了～～♪

第7話 【壞消息】入浴中和未婚妻通電話，結果事情鬧大了

「遊一，接下來換你洗。」

「……好……知道了……」

「你是怎樣啦！為什麼我洗個澡，你搞得這麼精疲力盡啊！」

我朝大聲嚷嚷的阿雅瞥了一眼。

由於頭髮還是濕的，平常的刺蝟頭也變得軟趴趴。

哈哈哈——我連笑都不想笑了。

「……我去洗澡了。」

我將用力握緊的手機收進口袋後，慢慢站起。

現在的我，想必一臉瀕臨死亡的表情吧。

「你也太沮喪了吧？想說難得你來別人家裡過夜……你知道你的臉色就像被結奈公主甩了一樣差嗎，遊一？」

——被結奈甩了。

腦子竄過一陣像是挨了一記悶棍的衝擊。

眼前一黑。

喔喔，遊一啊，就這樣死掉也太沒出息。

——和結花一起生活，算來已經過了將近八個月。

這樣的日子裡，我第一次迎來沒有結花的夜晚……覺得無以自處，才會久違地來到阿雅家過夜。

明明我自己住的高一那陣子，對一個人過的夜晚早就習慣了。

不過，話說回來……結花那麼黏人又愛撒嬌。

等演唱會結束就會傳ＲＩＮＥ或打電話來吧。我本來是這麼想。

我又不好意思被阿雅看到，就覺得實在不好計算時機，還煩惱著怎麼辦才好。

……我還能這樣得意忘形也只到大約一小時前。

都已經過了十點——完全沒有結花要聯絡我的跡象。

「……好奇怪啊。是手機出了問題嗎？」

我泡在阿雅家的浴缸裡，操作放在防水袋裡的手機。

由於太久沒有聯絡，我已經傳好幾次RINE訊息。

可是，不但沒收到回應——連已讀都沒有。

「換作平常的結花，在去程的新幹線上應該就會傳RINE來了啊……退一百步來說，也許是因為紫之宮蘭夢也在一起。可是……直到這麼晚都還沒有機會自己一個人，這有可能嗎？」

我的心情太浮躁，自言自語個沒完。

雖然即使我再怎麼自言自語，也不會因此就收到RINE。

「該不會像大阪公演那時候一樣，累倒了吧……？」

不……應該不會吧。

畢竟就是為了避免這種情形才排了含過夜的行程。

即使萬一演變成這樣的事態，鉢川小姐總會跟我聯絡吧。

那還想得到……什麼理由？

我想轉移注意力，一邊用手機隨便開了些網站來看一邊讓腦細胞全速運轉。

【有照片】兩位知名聲優的恩愛約會，竟然外流？

「呀啊啊啊啊啊啊啊啊！」

看到畫面上顯示的可怕八卦報導，我不由得大叫一聲。

該死！不要擅自拿別人的戀愛當獨家來炒話題！有什麼關係嘛，聲優也是人啊，跟誰約會都可以吧！

…………啊啊，真是的。

搞得我都忍不住去想一些有夠討厭的事情了。

結花不管什麼時候都那麼天真無邪、少根筋又一心一意。

我知道她不可能會鬧出這種緋聞。

即使知道……收不到聯絡就是會忍不住不安。

「結花……我不會再逞強了。下次我會好好說，結花不在身邊我也會寂寞。所以……聯絡我吧。」

我自言自語說著這些，像溺水的人抓著浮木那樣一心一意地滑ＲＩＮＥ的聊天視窗。

——震動♪

「嗯？」

『哇！……你接得好快啊，遊哥。』

剛剛我失魂落魄地操作手機，也就在無意間接起了突然打來的ＲＩＮＥ電話。

結花……沒打來，是勇海打的。

我忍著想嘆氣的心，設定成擴音模式，對勇海說：

「喂？怎麼啦，勇海？」

『…………』

「嗯？喂～～勇海？妳在鬼鬼祟祟什麼——」

『……小遊～～』

————！

嚇……嚇我一跳……心臟都差點要跳出來了。

因為剛才勇海說話的嗓音——跟結花像得驚人。

對現在這個渴望結花的我而言，刺激太強了點。

「我說啊，勇海，我不知道妳這是什麼性質的惡作劇，不過還請妳不要沒頭沒腦地模仿結花的嗓音說話。妳們是姊妹，所以真的很像……會害我心動一下。」

『心……心動一下……是嗎？遊哥！』

就叫妳不要模仿結花的嗓音了。

我深深嘆了一口氣，回答：

「我說啊，勇海……我就坦白說了，我現在因為結花都沒有聯絡，心浮氣躁。雖然她演唱會可能很忙，但沒有RINE訊息也沒有電話……我現在對這種玩笑實在是笑不太出來──」

『心……心浮氣躁？該……該不會小遊……遊哥，寂寞了喵？』

「喵？妳平常的型男路線跑哪去了！而且我說真的，勇海妳到底有什麼事啦！」

『別……別說那麼多，回答問題啦！』

「為什麼又改成模仿那由？而且嗓音根本還是結花，至少也模仿一下那由的嗓音吧！」

雖說是小姨子，也胡鬧得太過火了。

所以我稍稍加重語氣──粗魯地說了：

「……好好好，我很寂寞。因為我已經理所當然地習慣有結花陪，現在情緒真的很低落。所以如果沒事，我要掛電話了喔。」

『……嘿嘻！嘿嘻嘻嘻嘻嘻嘻♪嘿嘻～嘿嘻～～♪』

手機喇叭不斷傳來嘿嘻嘿嘻的笑聲，讓我都要懷疑手機是不是壞了。

這是怎樣？就算是親妹妹，能夠把結花的嗓音完美重現到這個地步嗎？

……………不。我是覺得不太可能，可是──

我有了不好的預感，壓低聲音——問道：

「呃……該不會妳不是勇海，是結花？」

『嘿嘻～～♪』

『結花，妳這樣他什麼也聽不懂啦……啊，遊哥，好久不見，我也在這裡。直到剛剛跟遊哥講電話的——千真萬確，就是真的結花喔。』

……ＯＫ，我明白了。

我就先把頭泡進浴缸裡死一死吧。

◆

我先不去理會滿口嘿嘻個不停，根本沒辦法好好說話的結花，轉而找勇海問清楚狀況。

『首先，是我請久留實姊告訴我旅館的所在，然後就來找結花了，沒預約。』

「如果妳們不是姊妹，這手法可是差點就會出局啊……」

『畢竟結花就是一隻怕寂寞的小貓咪嘛。我想她一個人一定睡不著，就想到來陪睡。』

『我睡得著！妳根本忘了我跟小遊同居前也是一個人住吧！』

結花對勇海發出怒吼。

不過，對不起。我也有點忘了結花曾經一個人住。

『結果啊，結花……說把手機忘在家裡了。結花就是這麼笨拙……果然是一隻令人不能放著不管的小貓咪對吧？』

『笨蛋～～！』

「所以結花才借勇海的手機跟我聯絡啊……」

我假裝冷靜，其實打從心底鬆了口氣。

原來她之所以會從出門後就一次都沒聯絡，是因為把手機忘在家裡啊？

太好了……結花在各種意義上都沒出事。

『不過，剛才那樣我好開心喔……因為想到原來我不在，小遊也會覺得寂寞！嘻嘻嘻♪』

「妳……妳要捉弄我的話，我就要掛電話了喔。」

『好～～對不起～～嘻嘻～～♪』

結花開心得像是要飛走了。

這可搞砸了……我以為她是勇海，說了有夠難為情的話……

『我也因為見不到小遊，覺得很寂寞，就很沮喪……但聽到小遊的聲音，我就有精神了！還有……像這樣講電話，就好像遠距離戀愛的情侶，很令人心動吧？』

結花在電話另一頭說出一如往常太過天真無邪的話。

被她這麼一說，就連我都會開心得沖昏頭啦……她還是老樣子，是個沒自覺的小惡魔。

『小遊，你說要去找倉井同學玩，已經回到家了嗎？』

「沒有……我今天難得來阿雅家過夜，打算熬夜玩玩《愛站》，看看動畫。」

『哇啊，感覺好開心！好好喔～我也想到桃桃家辦睡衣派對～』

對不起，我和阿雅這攤可不是睡衣派對那麼時髦的玩意兒。

就只是兩個男的一味地大聊自己萌什麼而已啊。

「喂～遊一～？你還好嗎～？」

——還真是說人人到。

阿雅喀啦一聲拉開盥洗室的門，隔著毛玻璃對我說話。

我太慌張，手機差點脫手，趕緊用雙手牢牢接住。

好險……《愛站》的資料差點就要毀了。

「遊一，你會不會泡太久了？從剛剛你就沒精神得嚇人，我想說你不會死了吧。」

「我……我還活著！我馬上出去，你絕對不能偷看喔！」

「我才不會看！我不是說過ＢＬ不是我的守備範圍嗎！」

「總……總之你走開啦！我十分鐘以內會出去！」

「怎樣啦，真是的……」

阿雅丟下這句話，關上盥洗室的門走出去。

呼……剛才可急死我了，真的。

「——抱歉，結花。搞得有點慌亂……」

『小……小遊……好性感……』

「什麼？」

我重新在浴缸裡坐好，把手機拿到面前。

畫面上看到的是用雙手遮臉，從手指縫隙間看著我的結花。

——嗯？看得見結花？

「……等等！為什麼變成視訊通話了啦！結花，妳這完全是偷窺了啊！」

『才……才不是！冤枉啊！是小遊手機差點掉下去，然後不知不覺間……就切換成視訊通話了啦！』

『啊哈哈！一定是遊哥按到視訊通話按鈕了吧。』

雖然畫面上沒拍到，勇海還給我笑得很開心。

這不是可以開玩笑的事情好嗎？雖然我現在泡在浴缸裡，但剛才一陣慌亂，所以……

「結……結花……妳沒看到吧？」

『你……你是指什麼呢？我是～～海鷗～～什～～麼都不知道～～』

「妳這反應，絕對是看到了吧！這不是只看到上半身的反應吧！」

『…………喵♪』

用貓語轉移焦點了……

而且為什麼是結花在靦腆地忸忸怩怩？

畢竟現在豈止難為情，簡直想死的可是我耶。

在這種沒救的狀況下，畫面外傳來——勇海笑著說出的話：

『那這次輪到結花了吧？你們會成為夫妻，所以……大可袒露彼此的一切，互相確認這份愛吧？』

後來——

我和結花把勇海罵了個狗血淋頭。

第8話 願意為我那太囂張的妹妹慶生的人，集合

「……欸，結花？」

「什麼事，小遊？」

「我想去一下洗手間……」

「啊，嗯！知道了！」

結花回答得很乾脆，放開了我。

手臂上還留著結花的體溫耶。

畢竟——結花一直抱住我不放已經將近一小時。

所以呢，我從沙發上起身，走向洗手間。

「…………」

「跟跟。」

「…………」

「跟跟。」

第8話
願意為我那太囂張的妹妹慶生的人，集合

「……結花，妳在做什麼？」

「跟在小遊後面！」

妳是狗狗嗎？

「為什麼跟在後面？」

「因為不想和小遊分開！」

呃，妳這樣老實回答，我也很不好回話……

我一邊想著該怎麼辦一邊對結花說：

「呃，結花，我剛剛也說過，我是要去洗手間。」

「嗯。所以我要跟小遊去洗手間！」

「妳是變態嗎？」

「為什麼！我總不會跟進洗手間好嗎！」

呃，妳還一副「那是當然的吧」的反應。

會說著「跟跟」一路跟到洗手間前面的人會採取什麼破天荒的行動，根本不能預測好嗎？

「……嘻嘿～～」

我正真心煩惱該怎麼應付。

結花又轉而開心地傻笑起來。

這隻生物是怎麼回事……

不管去哪裡她都會跟來，對上視線就會笑咪咪的。也許是新款的座敷童子。

我想著這種沒營養的事情走進洗手間，正要關門——

「……小遊，我等你。我一定……會等你。」

「不要好嗎！我只是去上個洗手間，不要立死亡旗標！這是怎樣，我是要被洗手間的水淹死嗎！」

「不～～要～～！我不要小遊死～～掉～～！」

她自己提起卻又自己鬧起彆扭。

沒救了。病得很重啊……這孩子。

——就這樣。

結束名古屋公演後接連幾天，結花的黏人模式都開得很強。

看著結花瘋狂撒嬌到退化成幼兒的程度，我就有了一個念頭。

雖然對荷包很傷，可是……北海道公演，我一定要跟去。

因為不這麼做，反作用力就會大得非比尋常。

開啟這種強行撒嬌模式的結花總算漸漸沉靜下來的——今天。

◆

日期是十二月七日。

「小遊，記得今天是小那的生日對吧？」

結花身穿制服，和我一起走出家門，甩著馬尾問道。

她戴著眼鏡，但也因為尚未去到大馬路上，眼神和在家時一樣閃閃發光。

「好可惜喔。如果她已經回到日本，我就會多準備很多好吃的來款待她了。」

「她學校也還沒放假嘛。不過到了聖誕節應該就會回來，等到那個時候再幫她慶祝吧。」

「嗯～～可是，畢竟是生日，還是想在當天幫她慶祝耶……唔～～」

結花手按下巴思索著。

看在旁人眼裡，多半會解釋為正經八百又古板的綿苗同學陷入了沉思吧。

「啊，對了！小遊，我想到一個好主意了！」

接著結花表情一亮，伸出手來拉我的衣角。

然後對我露出閃閃發光的笑容。

「就像上次在名古屋那一晚那樣——我們來辦個遠距慶生會看看吧！」

「打擾了～～！」

「請儘管打擾～～！」

二原同學先在玄關口和結花親暱地對答，然後走進我們家。

她平常總是一身取自特攝作品，接近Cosplay的打扮，但今天是放學後過來，所以身上仍穿著制服。

我每次都在想她可不可以好好多扣個鈕釦。

她總是多解開一些鈕釦，讓胸部鬆開，所以她那對大胸部的溝可有多顯眼。

「……喔？佐方，怎麼啦？想念胸部了嗎？」

「請不要這樣，對不起。」

「小遊大笨蛋～～！用……用我的胸部將就一下啦！」

「對不起，我會盡全力道歉，拜託妳不要解開鈕釦！」

我明明只是瞥了一眼，卻釀成慘劇。

常聽說男生的視線瞞不過女生，原來那是真的啊……以後可要小心了。

然後我把丟在沙發上沒收的漫畫拿進自己房間。

由於是臨時決定請二原同學來，客廳還很亂……

「哦～～好厲害～～！有好多《愛站》的周邊耶～～！」

「喂！二原同學，妳為什麼理所當然地跟進我房間啦！」

「有什麼關係，又不會少塊肉。」

呃，話是這麼說沒錯啦。

滿滿都是海報和周邊商品的房間要讓女生看到，當然會抗拒啊。就算對象是不會看不起別人興趣的二原同學也一樣。

「倒是結奈的周邊有夠多的～～！好厲害～～！」

「因為結奈是女神嘛。」

結奈的名字都跑出來了，所以我立刻做出回應。

「啊哈哈～～！雖然莫名其妙，但我隱約懂～～！像我在假面跑者史上最喜歡的就是《假面跑者危龍》出的模型，我也擺了一大堆在房間裡～～那部的設定很創新，會有一百零八個假面跑者出現……」

結果不知不覺間，二原同學就想把話題轉到特攝。

果然二原同學也是同類啊……我和阿雅聊天的時候也有很多跟她類似的情形。

「真是的！不要只顧著你們兩個人玩，來準備啦～～！跟小那說的時間就快到了～～！」

我們開啟這種御宅族對話模式，結果結花跑來叫我們。

噢，我都忘了。得趕緊準備客廳的電腦才行。

沒錯，接下來要開始的就是——那由的遠距慶生會。

◆

從我開始和結花一起睡以後，電腦就搬到了客廳。

操作這臺電腦沒多久——畫面就顯示出穿著執事服，頭髮綁成一束，完美扮成男裝的勇海。

「喔～～這不是勇海嗎～～！好久不見啦～～」

『啊哈哈，好久不見了，桃乃姊。妳還是一樣有著太陽般耀眼的美貌呢……非常漂亮。』

「噗！我才要說呢，勇海妳的軟男形象還是沒變嘛～～！有夠好笑～～！」

『好……好笑……？我的粉絲都說很帥氣，甚至有人當場暈倒……』

她的跟班們多半也沒想到她們心目中的陽光型男勇海，在這個陣容下都是被虧的吧。

我們和勇海連線的軟體是一款可以用來開網路會議或進行視訊聊天，最近已經變成主流的通

訊工具——ＺＵＵＭ。

結花提議要辦那由的慶生會，於是立刻跟二原同學與勇海說，實現了這次聚會。

結花她只要是為了別人，行動真的很快。

『然後呢？我們可愛的主角還沒來嗎？』

「不，應該開著靜音潛伏吧……喂，那由，大家都到了，打開麥克風和攝影機啦。主角明明是妳吧。」

『——在下是鯨頭鸛，名字嘛，還是鯨頭鸛。』

「名字竟然也叫鯨頭鸛……呃，不用說這些瞎話！好了，那由，趕快登場啦！」

『……知道啦。哥，你真的很煩。』

那由嘀咕著打開了視訊攝影機。

畫面上出現的——是稍微低下頭，一直用指尖玩著瀏海的那由。

「哇～～這不是那仔嗎～～！最近過得好嗎～～？」

『嗯，還過得去啦。二原看來也很有精神啊。』

『呵呵……這麼久沒見，小那還是一樣有著人偶那種可愛的感覺呢。妳白嫩剔透的肌膚非常美。』

『勇海妳才是。妳那裝型男搞得場子很冷的言行還是一樣，就很遜。』

『很……很遜……？』

勇海似乎在畫面另一頭大受打擊。

呃，我也不是不懂妳會想吐槽的心情啦。

不過勇海也是為了妳才參加的，就放她一馬吧。

「——好了！今天非常謝謝各位特地來參加～～！」

結花說著在我身旁啪一聲拍響手掌——臉上笑咪咪的。

然後，她拿起剛買來的保特瓶裝柳橙汁。

「那麼，我們就開始進行小那的慶生會～～！各位同學，飲料都拿到手上了嗎～～？」

『等等……小結，太誇張了啦。不用這樣，何必搞得那麼盛大……』

「不行～～就是要盛大！我們當然要辦得超級盛大！因為我——就是這麼喜歡小那！」

她用愛的力量扳倒了難得顯得害羞的主角。

結花大為起勁，朝著電腦的攝影機舉起保特瓶。

然後——用清亮的嗓音帶領大家乾杯。

「好的，那麼各位～～！讓我們慶祝小那的十四歲生日……乾杯～～！」

「ＯＫ，乾杯～～！那仔，生日快樂！」

『為小那這隻小鳥誕生在這世上的奇蹟……我要獻上這一杯。』

「嗯。那由，生日快樂。」

『…………唔。』

那由發出細小的哀號後，把手上的杯子猛力舉到嘴邊。

臉頰似乎還微微泛紅。

「不妙！有夠可愛～～！那仔妳其實有夠開心的吧？」

『我……我我我我才沒有開心！比起派對，拿到一大筆錢會更開心！』

『呵呵，小那就是不老實。啊，對了……我送的禮物，Cosplay服裝如何？雖然妳平常都打扮得很中性，但我想妳穿很少女的衣服說不定也很好看喔。』

『囉唆，我才不要！妳這個假陽光型男，不要逗我！』

——啊啊。

上次看到這麼用力掩飾害羞的那由是什麼時候了？

看著這個說話還是一樣難聽，但表情又顯得挺受用的妹妹……我感覺到自己笑逐顏開。

『……哥，你笑什麼？不要取笑我。我說真的！』

「我才沒有取笑妳。倒是老爸不在嗎？」

『還在工作。對了，他要我跟小結問好。』

「公……公公說的？」

結花聽到是未來的另一個爸爸傳話，似乎感到惶恐，挺直了腰桿。

不不不，他才不是那麼了不起的對象咧。畢竟是個擅自決定兒子婚事，胡來一氣的爸爸。

『……啊，對了。小結，雖然是那麼沒用的爸爸，有沒有什麼話要我轉告他？啊，我會錄起來，之後拿給他看。』

「咦！錄……錄影？我還沒心理準備——」

『好，開始。』

那由不由分說，發出開始錄影的信號。

突如其來的提議讓結花慌了手腳之餘，仍大聲說了：

「公……公公！平常承蒙照顧了，我是綿苗結花！多虧小遊……多虧遊一同學，我每天都過得很幸福！我最喜歡遊一同學了，絕對會讓他幸福！」

「等一下！妳知道自己留下了不得了的視訊留言嗎？」

我拚命阻止想留的訊息裡充滿難為情的未婚妻。

彷彿還嫌狀況不夠混沌——連我這個令人棘手的小姨子都開始請安：

『親家公，幸會，我是綿苗勇海，結花的妹妹——我很崇拜姊夫，應該算是他養的狗吧。』

「呀～～！勇海妳不要鬧了！什麼他養的狗，人家聽了印象會糟糕透頂啦！」

綿苗姊妹丟著派對不管，吵鬧起來。

我不由得嘆了口氣，二原同學就輕輕把手放到我肩膀上。

「伯父好！我是二原桃乃，是佐方的第二個老婆～～！負責處理他想念胸部的時候。」

「呀啊啊啊啊啊啊啊啊！桃桃～～～～～～～～！妳是白痴嗎～～～～！」

二原同學丟出不得了的炸彈，讓結花對她大喊。

看到結花這麼慌，二原同學哈哈大笑。

「啊哈哈！開玩笑的啦，結結，妳仔細想想，妳覺得那仔這種時候會好好錄影嗎？我可不覺得。」

『喔，二原真有一套。猜得漂亮。』

「妳真的沒錄影喔？妳啊，就不能至少在自己的慶生會上不要惡作劇嗎？」

『就像有光就有影……有我的地方，就有惡作劇。』

「真是的～～～～！小那妳，小那妳喔～～！」

——差不多就這樣。

雖然打著慶生會的名義，這次ＺＵＵＭ聚會的氣氛還是變得跟平常一樣。

那由看著完全上了當的結花，笑得都流出了眼淚。

所以我想多虧結花，這天大概成了很棒的紀念日。

再次——祝妳生日快樂，那由。

第9話 我的未婚妻和我的損友談話，結果事情急轉直下……？

「喂，遊一！你看看這個！」

午休時間。

我趴在自己的桌上睡覺，結果有些激動的阿雅就跑來找我說話。

我心想怎麼了，轉向他——發現他跳起了不可思議的舞蹈！

呃～～……即使看在外行人眼裡，也覺得不怎麼高明。

「……呼，呼……遊一，你看到了嗎？」

「這是在模仿砧板上認命的鯉魚？」

「才不是咧，笨蛋！怎麼想都是『飄革』主打歌〈夢想絲帶〉的舞步吧！我終於練到爐火純青了……於是我就這樣又往與蘭夢大人同質的存在接近了一步。」

「你給我向全宇宙的蘭夢粉絲道歉喔……」

我們就這樣一如往常地聊著沒營養的話題，結果——

第9話
我的未婚妻和我的損友談話，結果事情急轉直下……？

「……你們好像很開心呢。」

忽然間，身後傳來這麼一句讓人感受到極強壓力的話。

回頭看去，站在那兒的是——綿苗結花。

一頭黑色長髮綁成馬尾，戴著眼鏡。

表情沒有絲毫變化，低頭看著我……是學校款結花。

「綿……綿苗同學……怎……怎麼了？」

「喂……喂，遊一！你才應該道歉吧！雖然我也不知道怎麼回事，但絕對是你不好！」

「為什麼啦！我可不記得自己做了什麼——」

「…………你們果然很開心呢。」

感覺結花說話的聲調裡比剛才蘊含了更強的力道。

咦，真的是我……做了什麼嗎？

我只是正常地吃午飯，趴在桌上快要睡著，然後就跟阿雅聊些沒營養的話題而已啊。

反而應該請妳去指正跳〈夢想絲帶〉跳得有夠差勁的阿雅吧？

「欸，佐方同學……你有時間嗎？」

「咦……有……有是有啦……？」

我摸不清結花的真意，回答得戰戰兢兢。

結花對這樣的我——用下巴朝走廊的方向一指。

淡淡地說：

「——可以跟我出去一下嗎？」

於是我聽結花的吩咐……來到了沒有人會經過的樓梯旁邊的死角。

「對……對不起喔，小遊，突然叫你出來……」

「不，沒事……我想大家應該會單純以為妳是認真把我叫出去罵。」

——出去解決啦。

畢竟大家聽到眼尾上揚的學校款結花面無表情地這麼說，都只會覺得她是真的生氣了。

「所以，到底是怎麼啦？」

「嗯，就是我上次也說過，我……想和班上的大家變熟。我不想……一直維持在古板的綿苗結花形象，高中生活就這麼結束。」

啊啊，這件事我記得。

結花是希望能和班上的同學們聊更多——笑著從高中畢業。

「妳就是下了這樣的決心，所以上次才會加入幾乎沒聊過的女生圈子吧。我覺得妳已經很努力了。」

「……根本不行啦。」

我這句話似乎踩到了地雷，讓結花變得沮喪。

然後她由下往上看著我。

「是因為大家人很好才勉強沒事。當時的我，顯然就形跡可疑嘛。」

「妳的舉止是相當可疑沒錯啦……」

「我想改善這些地方，讓我可以和大家順利地聊下去……所以！我想請小遊幫忙，然後試著和倉井同學說說話！」

——什麼？

怎麼會好死不死挑上阿雅？

「小遊你想想，倉井同學不是常常和你一起聊天嗎？我對在學校這樣的小遊也都想著：『好可愛喔。』『他笑起來好帥氣喔。』『喜歡～～』一天看好幾百次嘛。」

「等一下，我可不知道這種前提條件耶。」

「我就是這樣一直看著小遊，所以——我知道倉井同學和小遊說起話來是什麼感覺。而且，我們在教育旅行又分在同一組……我就想說他是不是會比班上其他同學好聊！」

……這很難說吧？

即使聽她好好說明理由，我還是完全不認同。

話說回來，結花的個性我很清楚。她一旦決定，阻止她也是白費力氣。

「也好，雖然不知道會不會順利……既然妳這麼堅持，那要不要就我、妳和阿雅三個人閒聊看看？必須維持在不會讓我和妳的關係穿幫的程度內就是了。」

「嗯！我們試試看！好～～我要努力——和倉井同學聊天！」

結花顯得格外賣力。

但我隱～～約……有很不好的預感。

◆

「——！遊……遊一……你沒事嗎？」

看到我和結花並肩回到教室……阿雅瞪大眼睛，倒抽一口氣。

「綿……綿苗同學……是遊一給妳添了什麼麻煩吧？抱歉！身為他的朋友，我也跟妳道歉——還請妳饒了他一命！」

再怎麼說也太誇張了吧。

這傢伙是把綿苗結花當成殺手還是什麼了？

結花似乎對阿雅被嚇到的情形大惑不解，皺起了眉頭。

「……你這麼說，我也很困擾。」

「所以事情嚴重到不是道歉就可以放過他？可惡……我要怎麼做才能改變這個命運……！」

「阿雅，你冷靜點，不會出人命。不需要搞什麼為了改變命運而穿越時空。真的。」

這種時候如果有二原同學助攻，多半就能順利談下去——但不巧的是，教室裡沒看見二原同學的身影。

也就是說，我得一個人處理這種沒救的狀況嗎……難度也太高了。

「我……我說啊，阿雅，綿苗同學找我出去，目的又不是要殺我……是教育旅行！她是要把教育旅行時跟我借的零錢還給我！」

「咦……在這裡還不就好了？為什麼還要特地叫到走廊去？」

你說的太有道理了。

所以我是超高速挖了洞給自己跳……接下來該怎麼挽回才好呢？

教教我吧，開朗角色辣妹。

「倉……倉井同學……！教育旅行，我們玩得很開心吧！」

在這種困境下，結花用了硬拗法。

也就是強行壓下對方的疑問，將話題帶到閒聊的方式。

阿雅對這種毫無脈絡的談話方向歪頭納悶之餘，仍戰戰兢兢地回答：

「是……是啊？挺開心的喔。而且也看到了動畫裡的聖地！綿苗同學覺得什麼最開心？」

「是。我最開心的，是海邊。」

「這、這樣啊……我都沒能去海邊啊。你們在海邊做了什麼？」

「是。我們下了海，玩水。」

「……是、是嗎？」

妳現在是AI〇xa嗎？

這種機械式到連電腦都會嚇一跳的問答，讓我不由得大感頭痛。

得想辦法打圓場才行……我要加油啊！

「對了，阿雅，你是不是買了什麼伴手禮回來？綿……綿苗同學也很好奇吧！」

「是……是啊！當然很好奇！你到底買了什麼呢？來，倉井同學，老實告訴我，是什麼樣的東西？是什麼都沒關係的，來……！」

「咿咿咿咿……！」

她太緊迫盯人，讓阿雅發出哀號。

哎，也是啦～～剛剛那樣真的很可怕啊～～

結花大概是太賣力，說什麼也想讓談話繼續下去，才會弄成這樣吧。

「遊……遊一！你來一下！」

似乎連阿雅也從這混沌的狀況中感受到了危機。

他把手放到我肩上，強行把我帶到教室的角落。

「……我說遊一，綿苗同學是不是有點奇怪？」

「會……會嗎？她平常不都是那樣嗎？」

「哪有可能！綿苗同學平常明明不太說話……今天卻一再找我說話不是嗎？而且，還是用硬拗出來的話題。」

你直覺挺敏銳啊，阿雅，她實實在在就是硬找話題。

這個計畫差不多該停了吧……再這樣下去，結花不但難以在班上交到更多朋友，反而會被傳成一個不妙的人。

我正發呆想著這樣的念頭。

就聽見阿雅——深深嘆了一口氣，說道：

「傷腦筋啊……我懂了。她這樣，就是對我有意思吧？」

「啥？」

這話實在太荒唐，讓我發出怪聲。

可是，阿雅完全不介意，繼續說道：

「我平常不太跟人說話……可是一想到倉井同學，我就連晚上也睡不著覺。這種心情……該不會就是戀愛？怎麼辦，心動的感覺停不下來……！」

「幹嘛啦，還突然用假聲？」

「好～～就勇敢地找倉井同學說話吧！……可是我口才很差，話都說不好。其實——我只是想對倉井同學說我喜歡他！」

阿雅繼續用假聲演他的妄想劇場。

說得保守點，噁心。

「——這橋段不就有點結奈公主的感覺？哎呀，我是覺得這情境非常好啦……只是我已經有蘭夢大人這個我選擇的人了。」

看著阿雅得寸進尺，我自己也不知道怎麼回事……就是愈來愈火大。

「我說遊一……你覺得要怎樣才能拒絕綿苗同學，但又不傷害到她？」

「……我哪知道。」

「嗯？為什麼你那麼不高興啊？」

「……也沒有。」

「咿！像綿苗同學一樣的冰山應對？」

——連我自己也知道，這豈有此理。

阿雅會想這樣解釋的心情，我也不是不懂。

可是，雖然過意不去——

沒完沒了地聽著「結花對阿雅有意思」這種會錯意的話——我就是無法忍耐。

◆

「好糟！倉井，想也知道是你會錯意吧。我就用女生的觀點告訴你……要說綿苗同學對你有意思，那是絕～對不可能的！絕對。我說真的。小丑。自作多情。你最好現在立刻改變想法啦。馬上，立刻。真的。絕對。」

「…………好啦。」

就快開始上課，大家各自回到座位後。

二原同學聽說了情形，把「沒機會」這個事實以非比尋常的強度說給阿雅聽……讓阿雅垂頭喪氣。萬事解決。

「謝啦，二原同學……這真的幫了我大忙。」

「沒什麼，小事一樁。倒是佐方你啊，竟然嫉妒起倉井？好好笑～～要說結結會對佐方以外的人動心，那真的是天崩地裂都不可能吧。」

「呃，這我是知道。就算這樣，我還是……有點不舒服。」

「啊哈哈！有什麼關係嘛～～結結知道你這樣，絕對會很開心～～」

哪裡有值得她開心的成分啦？

我正這麼想——卻發現不知不覺間，結花傳了ＲＩＮＥ來。

我把手機藏在桌子下，點開結花傳來的ＲＩＮＥ訊息。

上面寫的內容……正如二原同學所說。

『嘻嘻嘻～～好會吃醋的小遊，好可愛，我好開心～～可是……想也知道我不可能喜歡小遊以外的人吧～～小遊大笨蛋～～♪』

第10話 【北海道】我和未婚妻北上【Part1】

我將手插進羽絨外套的口袋，看著積雪頗深的街景。

呼出的氣息白得非比尋常。

還有，有夠冷的。

「……也許應該穿更厚一點。」

風實在太冷，甚至會覺得痛。

果然冷的程度和關東不一樣啊……

沒錯——這裡是十二月中旬的北海道。

是室外氣溫低得接近零下的極寒所在。

「啊，是小遊！小遊～～！」

我正冷得全身發抖，就聽到有人叫我。

第10話
【北海道】我和未婚妻北上【Part1】

抬頭一看——發現一個女生拚命揮著手。

「小～～遊～～！」

「喂，結花！不要那麼大聲！這裡是外面啊，外面！」

「有什麼關係嘛～～畢竟這裡是北海道，不需要擔心被熟人看到！」

這個雀躍地說著，像幼犬一樣跑過來的人就是——我的未婚妻綿苗結花。

她放下了黑髮，沒戴眼鏡，是居家模式的結花。

結花粉紅色的女用襯衫外披著白色厚大衣，軟軟一笑，摟住我的手臂。

「嘻嘻嘻～～♪跟小遊一起在北海道約會～～♪」

「就說不要這樣黏在一起了，會很顯眼啦。」

「我～～才～～不～～要！現在和平常不一樣，是不用擔心熟人看到的絕佳機會耶。這種時候——不黏在一起會遭天譴的！」

「看到別人不黏在一起就施以天罰的天神也太討厭了吧！」

「……我說啊，你們兩個，完全忘了我也在吧。」

我和結花不約而同地立刻分開。

說話的人用白眼看著我們。

和泉結奈的經紀人鉢川小姐嘆了一口太深的氣。

「……不，沒關係喔。畢竟我是大人嘛，不會放在心上喔……看到青澀的高中生秀恩愛，心都快要凍死了呢。」

鉢川小姐，妳眼神都死了，死掉了啊。

而且，這不是以經紀人立場，而是以鉢川久留實的觀點做出的發言吧？

——「飄搖★革命」的店鋪演唱會ｉｎ北海道。

為了這第四場演唱會，結花再度出門兩天一夜。

然而……和名古屋那次不一樣，這次鉢川小姐提出了這樣的提議。

「遊一，前提是你不介意……我會安排兩間旅館房間，你要不要也來北海道一趟？」

「咦？可……可是，這應該不能報公帳吧？」

「……就當作是我送給你們兩位的聖誕禮物。」

「為什麼！這樣太讓人過意不去了，我不能收啦！」

「不會，沒關係……因為比起錢，遊一能來更重要。」

雙方僵持不下，結果——最終決定由鉢川小姐訂機票和房間，然後由我付款。

啊，順便說一下，關於這次的店鋪演唱會。

我當然——沒有要參加。

因為我抽到參加資格的就只有最後的東京公演。

沖繩公演那次是多虧紫之宮蘭夢的好意，讓我得以參加……但我不能一再接受這種ＶＩＰ待遇。

因為我除了身為結花的未婚夫——更是「談戀愛的死神」。

因為身為全宇宙的結奈粉絲之一，我要堂堂正正地……繼續推結奈。

——說來就是這麼回事。

所以我才會在這裡，和結束店鋪演唱會的她們兩人會合。

雖然錢包損失慘重……然而一想到名古屋公演後的那個超級撒嬌魔人模式結花會再度出現，就覺得跟著她來絕對比較好。

畢竟當時真的是連洗手間都沒辦法好好上。

而且……聖誕節將近的北海道，這樣的情形也是很難有機會體驗的。

如果能一起過，結花是不是會開心——這樣的念頭在我腦海中閃過也是原因之一。

「那你們兩位慢慢玩喔。畢竟你們和蘭夢不在同一間旅館過夜，也不用擔心會撞見她。悠哉地度假吧。」

「好，我們會好好玩的！久留實姊……讓妳多方費心了，真的真的很謝謝妳！」

結花對貼心的鉢川小姐深深一鞠躬。

看到結花這樣，鉢川小姐摻雜著苦笑回答：

「沒關係，別在意這種小事。不管什麼時候，我都不是因為經紀人的立場，而是身為鉢川久留實——期盼結奈幸福。所以這點安排沒什麼大不了的。」

「請讓我也說聲謝謝。光是演唱會的準備應該就已經夠辛苦了……真的很謝謝妳。」

「……真是的，連遊一也這樣。就說不要那麼畢恭畢敬了啦。」

鉢川小姐這麼說完——

「呼～～」的一聲重重嘆了口氣。

「就說沒關係了——與其弄得像名古屋那次那樣，這樣還輕鬆多了。」

………嗯？

像名古屋那次那樣，是怎麼說？

我腦袋裡正冒著問號，鉢川小姐就發牢騷似的說下去：

「去程的新幹線上，她就一直很消沉。蘭夢不在的時候，還會一再說著『喜翻小遊……他不在我會死掉……』這種搞不清楚是在商量還是秀恩愛的話。然後到了回程的新幹線，又莫名亢奮

地找我說話——這次比起來好太多了，真的。」

「嗚喵啊啊啊啊……久留實姊，對不起～～～～……」

鉢川小姐望向遠方，結花則發出反省的哀號。

原來如此。所以不是單純想支持我和結花……名古屋那次的結花太誇張也是理由之一吧？

呃……真的是每次都很對不起啊，鉢川小姐。

◆

「嗯～～！這拉麵好好吃喔～～！」

我們兩人討論了一會，決定先填飽肚子。

我們走進一間聽說在當地很有名的拉麵店，在吧檯座位並肩坐下。

「果然當地的北海道拉麵就是完全不一樣～～好好吃喔～～！」

「就是啊。尤其外面冷，身體更是暖起來……」

「就是啊～～！」

結花以天真的聲調回話——同時把頭髮撥到耳後。

聲音的調調和動作的嫵媚有著太大的落差，讓我不由得心動了一下。

拉麵的魔力真可怕。

「呼～～好好吃喔～～♪」

我和結花填飽了肚子，走出店門口。

北海道的鬧區連夜晚也很熱鬧，讓人不由得亢奮起來。

「說起來，這是第一次只有我們兩個人一起旅行呢！」

結花走在我身旁，以閃閃發光的眼睛朝我看過來。

就像個因為旅行而興奮的幼童。

「的確。教育旅行不是只有我們兩個，而且平常出門的時候也不會離家這麼遠。」

「沒錯！所以這趟旅行——是我和小遊重要的紀念日！心動的感覺已經停不下來了～～！」

結花連說話都變得像個小孩子一樣，開始高興地雙手揮來揮去。

結花比我想像中更亢奮啊。

看她這麼開心——連我都要跟著笑出來了。真的。

「久留實姊♪謝謝妳♪我啊～～非常～～開～～心～～♪」

「能讓妳那麼開心，我就很慶幸跟來啊。畢竟名古屋那次，妳出門前就快哭出來了。」

「那當然啦～～因為名古屋沒有小遊嘛。如果出門的時候有小遊在，到了名古屋以後小遊也

在，我想我是不會寂寞啦。」

「這樣要有兩個我吧？」

「在各個觀光勝地，有當地名產小遊！名古屋的話，應該就是金鯱小遊吧。如果是北海道，就是球藻小遊～～換作大阪～～……」

當地名產的我一點也不刺激購買欲啊。

這種事情還是交給會跟客人打招呼說哈囉的貓吧……

啊——可是……

如果是當地名產結奈呢？

以金鯱的姿勢歡笑的結奈。

頭上套著球藻布偶頭套的結奈。

嘴裡塞滿章魚燒的食倒人偶風結奈。

……超可以的吧。

天啊，我也許想到了神商品……！

「怎……怎麼啦，小遊？你在發抖耶。」

「……有滿滿的結奈……」

「有滿滿的結奈？小遊，你是不是太冷，冷到出現幻覺了？」

——我們就這樣一如往常地聊著一些沒營養的話。

忽然間，感受到一個冰冷的顆粒輕輕碰到了鼻尖。

「啊～～！小遊，你看你看！是雪！下雪了！」

結花呼喊著，用力拉我的衣角要我看。

抬頭一看——彷彿剛才的萬里無雲不曾存在過似的，下起了白色的雪。

「雪突然變大了耶。北海道真不是蓋的。」

「……嗯。」

「下這麼大的雪，明天雪大概就會積得更深了——呃，結花，妳為什麼在生氣啊？」

「……人家才沒有生氣，只是在嘟嘴。」

結花鼓著臉頰，發出「哼～～」的抗議聲。

坊間一般都會說這就是在生氣。

正想著她為什麼心情不好……就聽到她有一句沒一句地說了：

「……下雪，還是下在聖誕節那天才好啊。太快下了啦……」

——如果是白色聖誕節，那就太棒了耶。

記得她曾經說對和我一起過的第一個聖誕節有著這樣的期待。

「聖誕節當天下不下雪，和這場雪沒什麼關係吧？」

「有關係啊～～要是下太多，到了聖誕節，日本的雪說不定就不夠了……啊嗚嗚。」

「……我相信妳說這話時自己也知道啦，天空可沒有儲存雪的功能耶。」

為防萬一，我先跟噘著嘴的結花說清楚。

結花並不是不會念書，但畢竟這種時候的結花腦袋都會變得很幻想風格……不能肯定她說這些話並非真心就是最可怕的地方。

「——啊，小遊，你看你看！那裡有聖誕樹！」

接著結花又彷彿直到剛剛還在噘嘴的這件事從未發生過……表情變得十分開朗。

順著她的視線看去——看見了一棵掛上了聖誕燈飾，閃閃發光的高大聖誕樹。

「哇啊……感覺就像作夢一樣……」

結花以陶醉的表情喃喃說著。

她一頭亮麗的長髮被漸漸變強的夜風吹起。

大片的雪花掠過她雪白的肌膚。

在這下著雪的夜裡微笑的結花身影夢幻得驚人。

——我不由得看得出神。

「……瞥！」

「哇！」

結花似乎察覺了我的視線……自己把「瞥」說出口並轉頭看向我。

「欸，小遊，你剛剛該不會……看我看得出神了？」

「有……有嗎？我不知道妳在說……」

「騙人！小遊剛剛絕～對在看我！老實告訴我嘛～我想知道嘛～～！」

結花勾住我的手臂用力搖晃我。

她的表情就像結奈一樣——是最燦爛的笑容。

讓我實在無法直視，猛力撇開了臉。

「啊～好過分喔～～小遊～～多看我一眼～～♪一～～直看著我～～♪」

「……呃，妳根本在尋我開心吧！不要唱奇怪的歌！」

「嘻嘻嘻……因為人家高興嘛，能和小遊度過美妙的夜晚。」

她就是會沒有自覺地說出這種必殺臺詞。
我這個未婚妻——真是個難搞的小惡魔。

雪一口氣愈下愈大，從眼前快速飄過。
籠罩在純白的大雪中，點綴聖誕樹的燈飾發出七彩光芒。
……我心想今年的十二月似乎有個好兆頭。
和結花對看一眼，笑了笑。

第11話 【北海道】我和未婚妻前往旅館……？【Part2】

我將手插進羽絨外套的口袋，全身發抖。

呼出的氣已經看不見了。

還有，實在太冷，我快凍死了。

「小遊……我可能不行了……」

「結花，妳要振作！睡著會死掉的！」

結花把白色厚大衣的胸口拉緊，緊貼在我身上，牙關咬得格格作響。

我們in北海道，陷入了媲美困在雪山中的重大危機。

簡直不敢相信直到剛剛，我們都還在看著由雪花與燈飾點綴的聖誕樹。

現在則已經是——徹底的暴風雪。

大片的雪肆虐，連幾公尺前方都看不清楚。

「小遊，你累了吧……我也累了……」

「就說不要立死亡旗標了！啊～～真是的，看不見前面啊！」

第11話
【北海道】我和未婚妻前往旅館……？【Part2】

腳下積的雪愈來愈深，很不好走。

不妙……實在不覺得我們回得了旅館。

由於真的太冷，結花也漸顯呆滯……再這樣下去會很不妙。

「……啊。」

這個時候，奇蹟發生了。

就在連性命都面臨危險的我們面前——出現了一間小小的旅館！

「結花，是旅館！鉢川小姐幫我們安排了旅館，不去住那間是很過意不去，可是我們還是先在這邊過夜吧！」

「…………呼咦〜〜」

不行，結花的思考愈來愈停滯了。

所以呢……

我和結花決定——在奇蹟般遇見的這間旅館過夜。

……我們是決定在這裡過夜，可是——

手忙腳亂地進了房間後，我當場愕然無語。

粉紅色的牆壁，雙人床上放著心形的枕頭，吊燈造型的昏暗照明。
跟我想的旅館不一樣。
整體都有種色情的感覺。
我只是猜測，雖然我這輩子還沒來過——
搞不好，這裡不是一般旅館…………是愛情賓館？
「呼嘿～～好累喔……」
與臉色慘白的我相反，結花一臉放鬆地飛撲到床上！
接著緊緊抱住心形枕頭，開始滾來滾去。
……這是為什麼呢？我感覺自己正在看一種不可以看的景象。
結花不知道我內心糾結，露出滿面笑容。
「謝謝你喔，小遊。如果不是小遊找到這間旅館，我們說不定已經凍死了呢～～」
「嗯、嗯……總……總之，妳先去沖個澡吧？不然會感冒的。」
「好～～小遊最好也快點沖澡，所以我洗一洗馬上就出來！」
結花悠哉地這麼一說——就拿起放在桌上的浴袍，走進浴室。
就在同時……我抱著腦袋，回想剛才自己的發言。
——我說了「妳先去沖個澡吧」？

為什麼我會說出那種臺詞……這裡可是愛情賓館耶。

怎麼想都覺得說那種話——豈不是在立糟糕的旗標？

「不，還不到需要慌的時間……冷靜啊，遊一，冷靜……」

我——用頭在牆上撞得叩叩作響，以物理手段消除七情六慾。

讓腦細胞打進高速檔。

「……剛才的結花感覺都沒發現這裡是愛情賓館吧？沒錯，搞不好結花……根本不知道愛情賓館這種地方。既然這樣，乾脆直接表現得像在普通旅館過夜，等雪停了正常回去就好……」

「呃……小遊……」

「哇！」

我自言自語了一大堆，結果不知不覺間，似乎沖完澡的結花已經站在面前。

我反射性地從結花身前跳開。

——剛沖完澡的結花身上穿著純白的浴袍。

正用毛巾擦拭的頭髮還是濕的，貼在鎖骨那一帶。

比想像中更敞開的胸口露出了乳溝。

說得保守點…………結花的模樣嫵媚得讓我心中有些東西隨時都會爆發。

「……小遊最好也去沖個澡喔……」

結花用毛巾遮嘴，視線往上看著我這麼說。

結花的耳朵不知道是不是因為沖澡得到了溫暖……紅得前所未見。

「嗯……嗯！我去沖個澡，免得感冒！還有，我們正常過夜，正常睡覺吧！哎呀，就是要正常啊！非常正常的——」

「……愛情賓館。」

結花喃喃說出的這句話——響徹我的腦海，甚至有種耳鳴的錯覺。

她朝著當場定格而什麼話都說不出來的我……繼續說：

「……嗚喵。不要誤會喔，我只是在漫畫裡看過……但我是第一次來喔……愛情賓館。」

——就這樣。

我和結花在愛情賓館度過的夜晚開始了。

◆

「欸欸，小遊！你看你看，有遊樂器耶！而且，好像還有卡拉ＯＫ！」

我沖完澡，換上浴袍……緊張得心跳幾乎都要停止，回到房間一看。

結花在床上擺動雙腳，有夠放鬆。

剛洗完澡時那嫵媚的氣氛跑哪去了？

已經變成平常那個天真無邪又少根筋的結花。

「欸～～你知道這個遊戲嗎？我以前住家裡時，常跟勇海一起玩～～」

「噢，以前我和那由也有玩……雖然她都會用各種干擾卡，讓我變窮，搞得我每次都破產就是了。」

就是因為那由老是用一些狠辣的戰法，真不知道我們有多少次差點打起來。

即使到了現在，仍然完全不是美好的回憶。

「…………！」

結花抱著遊戲軟體躺下來——胸口很不得了。

具體來說，是浴袍鬆開，連乳溝很深的部分都露了出來。

她似乎脫下了胸罩，有種軟綿綿的柔軟感。

「……欸，小遊。」

「是，對不起！」

她突然壓低聲調對我說話，讓我立刻在地毯上正襟危坐，猛力低下頭。

雖然覺得過意不去，還請她高抬貴手。

畢竟會忍不住去看若隱若現的胸部——是男人的本能，照理說絕對不是只有我這樣。

「咦……奇怪？小遊，你為什麼跪坐在地上？」

「咦？沒有，因為我覺得妳在生氣……」

「我？我沒生氣啊。反而——擔心小遊會不會嚇到……」

「……嗯？嚇到？被什麼嚇到？」

總覺得我們雞同鴨講。

我維持跪坐姿勢，慢慢抬起頭。

結果看見結花把臉埋到心形枕頭……說道：

「……因為，我用了很色的字眼。愛情賓喵……」

「愛情賓喵？妳到剛剛都還很正常地說是愛情賓館吧！」

「……看，小遊就嚇到了嘛。」

結花仍然用枕頭遮臉，垂頭喪氣。

她很在意？少女心好難懂啊。

「我沒嚇到啦。像一些有點色的愛情喜劇漫畫裡就偶爾會出現。」

「還有男生與男生之間會嬌喘連連的作品也有。」

「呃……為什麼妳要主動自白，說自己是從要B又L的漫畫裡知道的？」

結花的臉仍埋在枕頭裡，雙手抱頭。

她只讓臉埋到枕頭，好靈活啊。

「順便問一下，小遊……來過愛情賓賓嗎～～？」

「沒有好嗎！妳這是在問什麼啦！」

「沒有，我只是想到，沒有就好～～……我沒有別的意思～～……嘿嘻。」

最後好像還聽見了像是開心的聲音。

和在家時沒什麼太大差別的交談。

話是這麼說……畢竟地方特殊，讓我們有種絕妙的尷尬。

我想掩飾這種心情，站了起來。

讓身體朝向一旁，以免和結花對看到。

——結果……

我發現桌上放著一個小小的正方形包裝。

「……呃！」

「呃？」

結花看到不由自主有所反應的我，便從枕頭上抬起頭。

我急忙挪到結花身前，遮住「正方形包裝」。

「……小遊，你在遮掩什麼吧？」

「是妳多心了吧？」

「那讓我看看你後面～～」

不，這不太方便。

因為這個「正方形包裝」——絕對是橡膠製的「那個」啊。

據說是在男女要做的時候會用的，傳說中的套套。

我甚至以為是都市傳說，因為我不曾看過實體。

「……小遊果然很習慣愛情咯咯。所以，我是搞不太清楚，但你就是在鬼鬼祟祟吧。」

「妳是樹鶯嗎……就說不是這樣了。我是第一次來啦，第一次。」

「那讓我看看你後面。」
「……唔。」
「不要唔啦！嗚哇～～！小遊還是高中生，卻已經很熟練了～～！」
「風評被害也太誇張了吧！……好啦，妳等一下。」
既然她這麼堅持，那也無可奈何。
我——先以身後的手迅速抓起「包裝」。
然後順勢改變姿勢，在床上坐下。
連我自己都覺得手法巧妙。
之後只要把手上的這個東西，找個結花看不到的地方藏——

「……你手上有藏東西吧？小遊大笨蛋～～」

結果就被看穿了。
而且大概是對我鬼鬼祟祟的態度不滿意……只見結花鼓起了臉頰。
「真是的，既然這樣——我就要動用強硬手段！」
「等等，結花！慢著慢著，妳這樣硬來……」

我話還沒說完，結花就撲過來抱住我。

我失去平衡，被結花推倒——兩個人一起倒到床上。

於是，趴在我身上的結花……用手指輕輕拿起了掉在床上的「那個東西」。

「……這是什麼？餅乾附送的貼紙嗎？」

「愛情賓館怎麼可能附送什麼貼紙！是套子啦，套子！」

「套套？…………咦？套……套套套套……套子？」

我自暴自棄地說出真相，就看到結花的臉轉眼間漲紅。

她手上仍然拿著套子——整個人壓在我身上緊緊抱住我。

「呃！為什麼會變成這樣！我也還沒做好心理準備……」

「才……才不是這樣！嗚喵啊啊啊啊啊！人家是太害羞，沒有臉看小遊啦～～～～～～～！」

——喀！

「呀！」

「咦？」

結花抱著我大肆掙扎，結果……室內的燈突然熄了。

我想多半是結花剛剛掙扎時，不小心碰到了室內燈的開關——但結花怕黑，結果抱我抱得更緊了。

旅途中去到的一間愛情賓館裡。

一對未婚夫妻穿著浴袍相擁。

關了燈，躺在床上。

——結花呼出的氣息吹在頸子上。

以及——結花甜美的香氣擾動著鼻腔。

就在這種會讓理智全盤崩潰的狀態下……

北海道的夜——更深了。

第12話 【北海道】我和未婚妻，夜深人靜時……【Part3】

燈光熄滅的吊燈下。

處在躺在床上相擁的狀態。

我和結花——過了好一陣子沉默的時間。

「…………」

「…………」

會變成這樣，就像是一種許多機緣巧合交疊而成的意外。

然而我們就是處在愛情賓館這種粉紅色的空間——所以有夠尷尬。

連自己都聽得到心臟在怦怦跳。

就算心臟當場爆炸，我也一點都不會吃驚。真的。

「…………」

「…………」

可……可是？

第12話
【北海道】我和未婚妻，夜深人靜時……【Part3】

畢竟結花看一眼還不知道那是套套！

相信即使是一對未婚夫妻在愛情賓館過夜這種像同人誌裡的情境，也不會發生任何事——

「……小那她啊，每次……不是都要我們生孩子嗎？」

籠罩著寂靜的黑暗之中。

結花以驚人的角度開了話頭。

「她……她是有說……可是，那又怎麼樣呢？」

「呃……雖然弄得被勇海說中是有點懊惱，可是啊，我不曾和小遊以外的人交往，所以也不知道這種時候要怎麼做，小遊才會開心——我這麼幼稚，對不起喔。」

結花以細小的聲音這麼說完，朝我低頭道歉。

這種事情……妳根本不用放在心上啊。

因為只是和現在這樣原原本本的結花在一起，我就每天都能過得很快樂了。

「結花，不要露出這種表情。不管是什麼樣的結花，我都——」

「——所……所以！雖然不知道對不對，但是我……會努力的！」

我剛覺得怎麼情勢突然轉變——

結花就維持緊抱住我的狀態，開始變換姿勢。

——結果……

結花滾了半圈，仰躺在床上。

我則趴在結花身上。

……完成了這個不管看在誰眼裡都是出局的狀況。

「結……結結結結……結花？」

「奇……奇怪？小遊沒有開心？是還不夠嗎……好！」

結花在腦袋不怎麼靈光的我身下鼓起了勁。

從浴袍下露出的苗條雙腿慢慢纏到我背上。

——最後，變成了她用雙腿固定住我的姿勢。

「是……是這樣嗎？如……如果弄錯，對不起喔。呃……喜……喜翻……？」

「別這樣好嗎！妳是從哪裡學到這種壞知識的？」

「咦！被……被罵了？那……那不然……是這樣嗎？」

結花放下雙腿，滾了半圈和我上下交換，變成結花騎在我身上。

然後，結花把臉湊到我耳邊——

「……最～～喜歡你了。嘻嘻嘻……喜歡你。」

「等一下，算我求妳，等一下！我會發瘋的！妳為什麼一直使出這種精神攻擊？」

「……人家就想對小遊說喜歡你嘛。」

必殺臺詞指的就是這種情形。

告訴妳，剛剛那句話已經讓我的腦細胞死了幾成啦。

「我啊……真的好喜歡小遊。能夠和第一次喜歡上的對象一直在一起——我覺得自己真的好幸福。」

結花朝著腦袋壞掉的我——

彷彿要用榔頭砸破腦袋似的——說出了致命的一句話。

「所以……雖然我只在漫畫上看過，又是第一次，所以有點害怕，可是……如果小遊想和我做那種事……可以喔。」

——妳說，可以喔？

咦？這是指……那個意思？

我摸了摸自己愈來愈燙的臉頰。

感覺愈來愈暈頭轉向了……這是怎樣，是現實？

該不會是我被暴風雪凍得快要死掉，看到幻覺了？

「嘿！」

「咿！」

結花猛地抬起上身。

然後抓起我的手——隔著浴袍按上自己的胸部。

柔軟得不像人世間所應有。

結花做出這種大膽的事情後……順勢牽引我的手，開始在她的胸部揉啊揉的。

感覺手都要融化了。

還有，感覺突觸都要燒光了。

「……我這麼小，對不起喔。」

（揉～～）

「可、可是……多少還是有吧？雖然不像結奈或桃桃那麼大……」

（揉揉～～）

「……不行嗎？」

——啪的一聲。

我確實聽見了腦子裡有某種東西斷掉的聲響。

「嗚喵！」

我彷彿受到這個聲響的指引……手繞到結花背後，把她推倒在床上。

我很用力地抱住結花。

臉頰與臉頰相碰。

柔軟、溫暖，感覺很舒服。

於是我微微放鬆力道——看了結花的臉。

「……唔唔。不……不要看我啦，小遊……」

我的未婚妻滿臉通紅，眼眸水汪汪的。

比平常還要——有夠可愛。

◆

『……嗯？哥，該不會是我打電話的時機不太好？』

「沒……沒有！完全沒有這種事啊！」

——關了燈的愛情賓館魔力驅使下。

我和結花都興奮起來，在床上緊緊相擁。然而——

我沒把手機設定成靜音模式，所以……聽見了叮鈴鈴鈴鈴鈴♪一陣ＲＩＮＥ電話的鈴聲。

這瞬間——我和結花也就不約而同地猛力分開。

『呃……真的不一定要現在啦。我也不是想給你們添麻煩才打電話。』

為什麼妳今天態度怎麼乖巧啊，給我像平常那樣噴毒啊。

妳這樣客氣，我會想起剛剛的情形而感到彆扭啦……

「……啊嗚嗚嗚嗚嗚……好害羞喔～～……我根本是個有夠淫蕩的孩子啊～～……」

至於結花，已經連頭都埋進被窩裡，獨自發出哀號。

到剛才都還有的妖艷氣場已經無影無蹤。

蒙著頭掙扎的結花完全變回了一如往常的結花。

「那由，所以呢？妳突然打電話來是怎麼啦……還像個外人似的客氣，感覺有點恐怖。」

『啊……嗯。是關於聖誕節。』

我深吸一口氣來轉換心情，仔細聽那由說。

『我不是計劃跟爸兩個人在聖誕節回國嗎？可是，爸他……說是偏偏在那一天被分配到有夠重要的大工作。』

「真的假的？那我會跟結花說，飯菜只要準備妳的份就好。」

『不是這樣……我是想，我也別去打擾了。』

「……嗯？」

那由這完全出乎意料的發言讓我一瞬間定住了。

不，前陣子不是才傳RINE來說機票都買了嗎？

我這個蠢妹妹是在開什麼玩笑，還是打什麼主意？

「呃……這是什麼圈套嗎？我是希望妳至少說一下，妳是不是真的在客氣……」

『就說不是什麼圈套了！你想想，上次你們不是透過ZUUM幫我慶生了嗎？那真的讓我好開心，所以……我滿足了。而且爸都不回去，只有我回去，總覺得也會有點顧慮……』

「不不不，就說我和結花都想跟妳一起開聖誕派對了。」

我搞不太清楚是怎麼回事，但那由說這些似乎是正經的。

雖然會擔心她是不是吃到什麼不好的東西……眼前我還是也先正經地回答她。

「我和結花也會兩個人出門，所以沒什麼打擾的。我是跟以前一樣——想和妳一起過聖誕節啊。結花也這麼說……所以我們一家人一起過節嘛，至少聖誕節一起過。我真的——很期待妳回來。」

『…………嗯。抱歉，打了奇怪的電話給你。』

雖然只是一點點，那由的聲調變得開朗了些。

還小聲說出「謝啦」這種會讓人嚇一跳的話——然後掛斷了電話。

「小遊！我旁邊空著喔～～」

我把手機放到桌上，回頭一看，就看到結花從被窩裡探出頭，朝自己身旁的枕頭拍了拍。

「抱歉，結花。我電話講這麼久……」

「不會。因為我也喜歡很為妹妹著想的小遊嘛～～」

結花這麼說完露出的是平常那種天真無邪又愛撒嬌的笑容。

邪氣從我全身抽離——讓我肩膀忽然一鬆。

於是我開了燈，然後掀開被子，鑽到結花身旁。

「……不知道小那聖誕節會不會回來。」

「都說到那樣了，我想是不要緊啦。」

「好希望她回來喔。雖然也很期待跟小遊約會，如果是小遊和小那一起好好過的聖誕節，我會更開心。」

結花躺在床上不動，發出「嘻嘻嘻」的笑聲。

在被窩裡這樣平靜地說話——就想起這和我們平常睡前一樣。

「……感覺就好像在家裡喔～～小遊？」

「雖然房間裡滿滿的粉紅色，是有點讓人浮躁啦。」

「的確～～在家睡的時候，旁邊滿滿都是結奈的周邊跟海報嘛。可是……我只要有小遊在，在哪裡都能安心喔。」

「……嗯，我也是這樣啦。」

「啊，小遊害羞了！有我在身邊，小遊就會安心？欸欸，是不是會安心～～？」

結花嬌聲歡笑，在被窩裡頻頻探頭。

小孩子睡覺前就會這樣格外亢奮啊。

就是最後會像電池沒電，突然睡著那種。

「聖誕節的計畫，我正在想～～東京公演是在傍晚結束，然後我們就要碰頭對吧？然後去遊樂園……這樣如何？」

「畢竟演唱會現場附近就有遊樂園嘛。去是很好，好久沒去啦。」

「耶～～！一定要搭摩天輪，還有像雲霄飛車和咖啡杯，也好期待喔……啊，還有，說到聖誕節，就想到交換禮物！我們一定要來交換喔，小遊！」

總覺得說到交換禮物時，結花的眼神格外有力。

要交換是沒關係，但妳用那麼期待的眼神看我……我也不覺得自己選得出什麼三次元女生會開心的禮物啦。

「等約會玩得盡興，我們就要趁早回家，和小那開聖誕派對！……雖然是我去打擾你們家人過的聖誕節啦。」

「……結花已經和家人沒兩樣了吧。就連那麼毒舌的那由都很愛戴妳，叫妳『大嫂』了。」

「…………嗯。謝謝你，小遊。」

結花有點害臊似的笑了笑，把棉被拉到嘴巴。

這使得結花的頭髮輕飄飄地揚起——傳來洗髮精的香氣。

——我們就這樣一如往常地聊著。

和在家時一樣，一起進入夢鄉。

順利地，平安無事地……結束了在愛情賓館的一夜。

至於哪一種情形比較好……我決定就不去想了。

第13話 和一群開朗角色出去玩，有什麼要注意的事情嗎？

「欸欸，綿苗同學～～！晚點大家要去開慶功宴，怎麼樣？」

從北海道回來幾天後——結束結業典禮。

我們從體育館來到走廊上，就看到二原同學在對結花說話。

「……為什麼？」

換作是私底下，結花一看到二原同學就會喊著「桃桃～～！」然後像隻小動物黏著她。

然而，今天的在校款結花仍然照常營業。

她用手指推了眼鏡，面無表情地以平淡的口氣回答。

話說回來，二原同學對結花這種落差也早已習慣。

「沒有啦，就是我想和綿苗同學一起去玩嘛。我們一起在慶功宴上開開心心地鬧，迎接寒假吧！」

「……是喔？」

「怎麼樣，綿苗同學？妳也想在今年最後盛大地打響吧？」

第13話
和一群開朗角色出去玩，有什麼要注意的事情嗎？

「……打響什麼？」

的確。

二原同學說得像是要放煙火，然而這些開朗角色到底是要打響什麼？

如果是運動會或校慶之類也就算了，現在就只是第二學期結束……我實在不太懂開朗角色的調調。

「也……也好……要去也可以……？」

雖然是這種莫名其妙的聚會，結花仍以變調的聲音表示參加的意願。

畢竟最近的結花想加深和班上同學之間的感情嘛。

這樣的邀約……的確怎麼看都是機會。

「不錯嘛不錯嘛！走吧走吧！好，難得結——綿苗同學願意來，我得賣力去湊人了！」

二原同學轉過身來看我。

然後——朝我眨了眼睛。

「那佐方也確定參加，ＯＫ？」

「等一下，我根本沒參與妳們的談話吧？」

「反正你都聽見了吧？畢竟你很色嘛，女人的直覺告訴我，你一定在聽。」

「可以不要製造這種風評被害嗎？妳把別人當——」

「……佐方同學最好也來。」

我正要反駁二原同學的極端言論，結花就瞪了我一眼。

「你有理由不去嗎？」

「那當然是因為，我平常又沒跟二原同學的圈子一起混，去了反而不自然——」

「…………你不去嗎？」

「…………呃，偶爾也會想去一下這樣的場合吧？」

「他這麼說了，二原同學。」

「ＯＫ！拿下佐方了！」

總覺得我被一種有夠強硬的方式壓倒了，是我誤會了嗎？看，結花還悄悄擺出握拳的姿勢叫好。

「那等開完班會，你們要留在教室裡喔！好期待喔～～！」

「是喔……好啦。」

「了解。」

「好耶！不管綿苗同學還是遊一，都一起熱熱鬧鬧地參加吧！」

突然有個無關的人加入。

回頭一看，發現阿雅站在那兒。

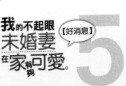

「嗯？倉井，你一個人在那邊起什麼勁？該不會是用了什麼比較危險的植物？」

「才沒有！我不管什麼時候都是這麼亢奮好嗎！……不就是在說第二學期結束的慶功宴嗎？既然遊一他們要去，我也要一起參加！」

「……為什麼倉井同學要參加？」

「喔，綿苗同學還是那麼衝啊……可是這陣子，我和遊一多少談過了。我現在也有了對這種衝的抗性啦！」

「…………是喔？」

結花多半是不知道該怎麼回應，就以不帶任何感情的聲調回答。

「倒是阿雅……你為什麼這麼起勁地想參加？你應該是會覺得與其參加開朗角色的聚會，還不如回家抽《愛站》的卡那一派吧？」

「……沒什麼，只是聽到一些傳聞。」

突然壓低聲音的阿雅示意後，我們轉身背對結花與二原同學。

然後阿雅——在我耳邊說：

「聽說今天的慶功宴……女生會穿聖誕裝耶。」

「……所以呢？」

我還想著他一臉超正經的表情，是不是有什麼高見。

正經問他真是白問了，真的。

「遊一，你是白痴嗎？是班上女生全都穿聖誕裝耶。這種情形……是男生就會想看吧！像是迷你裙聖誕裝，不是棒透了嗎……！」

「你才是白痴吧……虧你平常滿口『蘭夢大人是我老婆』，卻想看班上女生穿迷你裙聖誕裝嗎？」

「二次元和三次元有不同的胃可以裝好嗎！」

他給我一副講出名言的調調，卻說出這麼差勁的發言。

——我對阿雅擺出這種傻眼的態度。

然而我還是忍不住小小妄想了一下結花穿聖誕裝的模樣，這點我絕對要保密。

◆

「好猛……桃找來的人有夠多～～」

「也太有一套了吧。桃果然是社交力之鬼～～」

一群野生開朗角色聊得很起勁。

不過他們的心情我也懂。因為放眼看去──聚集了將近二十人。

雖然二原同學的內涵是「特攝鐵粉」，平常果然是「開朗角色辣妹」……社交能力實在太非比尋常了。

「啊哈哈，不過讚頌桃乃大人到這裡就好……各位肅敬～～那麼我們的保齡球大賽，差不多要開始了～～！」

沒錯──這裡是保齡球館。

拋出又黑又重的球，掃蕩無罪的球瓶……這裡就是進行這種野蠻遊戲的場合。

……嗯？各位要問我是不是討厭保齡球？

對九成會洗溝的我問這問題，可就問得笨了。

「好耶！看我的──Meteor Violet Love Breaker！」

唔哇，好遜！

喊出這個超級中二病招式名稱的，是我的損友阿雅。

以劇烈的速度擲出的保齡球猛力往前滾動……洗溝！

「可惡～～！我的Meteor Violet Love Breaker……！」

「……你是認真的嗎？」

看看四周吧。

這裡可是滿滿開朗角色，完全屬於客場的空間啊。

這招式名稱不就是取自蘭夢的個人歌曲《亂夢☆流星紫》嗎！……周遭不會有人對你這樣吐槽，你知道嗎？

「綿苗同學～～！加油～～！」

我正對搞花樣搞過頭的阿雅感到傻眼——旁邊的球道就傳來女生們的歡呼。

準備投球的是面無表情，戴著眼鏡的結花。

她盯著用雙手抱住的保齡球，緊閉嘴唇。

「……好。」

結花微微點頭……隨即用像機器人一樣生硬的動作往前走。

這是什麼走法？

而且，結花該不會——是第一次打保齡球？

「綿苗同學～～！上啊～～！」

「————嗯！」

二原同學大喊的同時，結花用雙手舉起保齡球……咦，用雙手？

接著結花「嘿！」的一聲，將保齡球扔出去。

保齡球飛上了天。

而結花……

————磅！

她用力過猛，一臉栽到球道上。

「綿……綿苗同學！」

「哇啊啊啊！綿苗同學一聲不吭地倒下了耶！」

到剛才還開開心心、熱熱鬧鬧的保齡球館，開始因為異樣的氣氛而一陣譁然。

就在這樣的情勢下——結花硬生生站了起來。

雖然額頭有點紅，仍面不改色。

「喂，綿苗同學！妳還好嗎？」

「妳在說什麼？」

「還能說什麼，妳跌了好大一跤吧！而且臉著地！」

「……………有嗎？」

不不不，這樣掩蓋不了啦。

「真是的，綿苗同學～～害我嚇了一跳呢。」

「原來妳在這種狀況下還是一張撲克臉啊。綿苗同學真有一套，是鋼鐵的精神力。」

原來看在旁人眼裡會這麼想？在校款結花造成的認知偏誤好嚴重啊。

看在我眼裡，怎麼樣都是平常的結花差點露出——忍著不哭出來，全身都在發抖啊。

「喔！可是……綿苗同學就算跌倒，也不會白白站起來喔。」

「……？這話是什麼意思，二原同——」

喇叭傳來「全倒！」的聲音，打斷了結花說話。

接著螢幕上顯示全倒時會播放的動畫。

「好厲害！綿苗同學，妳超越了我的Meteor Violet Love Breaker啊！」

儘管阿雅和其他人都因為綿苗結花打出全倒而歡呼——

……但我沒漏看。

結花避開大家的目光——比出了歡喜的勝利手勢。

◆

保齡球大賽結束後，我們來到慶功宴的第二會場——卡拉ＯＫ。

我們被帶到一個像是派對包廂的房間，可是……人是不是少了？

而且也沒看到結花和二原同學。

「……遊一，終於來啦，我期待已久的活動……我要回想著在這裡烙印到腦海的光景，迎來新的一年。看來我會有個美好的初夢啊……！」

「你真的是隨著本能和慾望在活耶……」

所謂的活動是指那個嗎？慶功宴前阿雅提到的。

記得是說女生們會穿聖誕裝——

「嗨嗨～～！各位紳士＆紳士！提早幾天對各位說聲聖誕快樂！啊……順便說一下，不可以拍照或摸摸喔。」

打開卡拉ＯＫ包廂的門進來的——是穿著長度只到膝上的迷你裙款聖誕老人裝的二原同學。

太豐滿的胸部從內撐起衣服，形成不得了的溝。

這聖誕老人對乖小孩來說太刺激啦……

「唔喔喔喔喔喔喔喔！遊一～～～～！我們這些乖小孩有獎品啦～～～～～！」

你是壞小孩吧？根本滿滿的色心好嗎？

——雖然我也沒有立場這樣責備阿雅。

其他男生也都因為穿聖誕裝的女生們登場而情緒沸騰。

儘管裝出一副冷冷的模樣不說話……我其實也興奮起來了。

沒有男生會討厭Cosplay。

想到這裡——口袋裡的手機就一陣震動。

是誰傳了ＲＩＮＥ訊息來嗎……？

『小遊，救救我。』

看到這句簡單明瞭的內文，我立刻奮力起身。

然後也不管這群排在電視螢幕前熱熱鬧鬧的聖誕裝女生——衝出了卡拉ＯＫ包廂。

緊接著——就被猛力拉了一把。

有人拉著我的手，把我帶進隔壁間。

待在那兒的是——

「嘻嘻嘻，是小遊～～♪」

穿著長度到膝上的迷你裙聖誕裝，露出嫵媚的雙腿與香肩……

戴著聖誕帽，綁馬尾，奏出魅人的合奏曲……

眼鏡下顯得眼尾揚起的眼眸，難為情地變得水汪汪的——綿苗結花。

「呃、呃……到……到底是怎麼啦？妳說救救我……」

「是桃桃教我的。她說想要只叫出小遊一個人，這樣寫就對了。」

原來是經過二原同學指點。

而且，大家都在隔壁包廂熱熱鬧鬧——只有我和穿聖誕裝的結花待在這個只有我們兩人的空間裡，淫亂的感覺有夠強烈的耶。

就在心臟快要跳出來的我面前，結花忸忸怩怩，由下往上看著我。

「呃……桃桃說……這個裝扮只給小遊看，小遊會比較開心，小遊覺得呢……？」

——原來如此。

聽結花這麼一說，再看看她這身裝扮……的確一想到平常古板的綿苗同學穿著這種迷你裙&露肩的聖誕裝，就覺得有種非常不可告人的感覺。

「小……小遊……？」

「不，呃，是啦……的確，不太希望妳穿這樣出現在其他男生面前啊……」

雖然就只是吃醋。

可是……自己的未婚妻被人用下流的眼光看，還是會讓我抗拒。

「……嘻嘻，好開心♪」

看到我吞吞吐吐，結花開心地笑了。

然後慢慢地——就這樣一身聖誕裝，把臉湊到我耳邊。

「不用這麼擔心，我……是只屬於小遊的結花喔。」

於是，我先一步回到大家所在的房間。

過了一會——結花打開門走了進來。

「喔，綿苗同學～～！聖誕帽，妳戴起來有夠好看～～！」

「……會……會嗎？謝謝妳，二原同學……」

靦腆地摸著瀏海，戴著聖誕帽的在校模式綿苗結花站在大家眼前。

她穿的服裝——不是聖誕裝，而是平常穿的制服。

「啊，真的～～好看好看～～感覺是個很幹練的聖誕老人～～」

「而且綿苗同學皮膚好白。好好喔，好羨慕～～」

「啊，呃、呃……謝謝誇獎。」

聽到女生群接二連三對她說話，結花不知所措地低下頭。

然而，她的表情——似乎變得笑咪咪的。

「咦？綿苗同學，不穿聖誕裝嗎？」

就在這和樂融融的氣氛下——阿雅說了這句話。

我想他問這句話真的沒有別的意思，只是單純的疑問。

但結花剛才已經決定在其他人面前都只戴聖誕帽，所以——

她以強而有力的語氣——說出了這句話：

「倉井同學，我是不穿……有什麼問題嗎？」

「……咿咿咿咿咿……對不起～～……」

——就這樣。

雖然也表現出了一些古板的面貌。

然而在這場慶功宴中，感覺綿苗結花這個形象已經漸漸被班上同學接受。

第14話 【愛廣特別節目】「飄搖★革命」影片也一樣太可愛的問題

「……哥，我回來了。」

我的蠢妹妹——那由一回到家，就在玄關垂著頭。

這什麼跟平常截然不同的乖巧態度。

以往她總是不先說一聲就回家，今天卻事先用ＲＩＮＥ聯絡了。

和平常差太多，做哥哥的很怕好嗎？

甚至會覺得她是不是來自不同世界線的另一個那由。

「咦……小結呢？」

「噢，妳問結花的話，她去買東西了。」

今天是聖誕夜。

而明天——就是聖誕節了。

也因為這樣，結花才會那麼賣力，說著：「我去買一～～大堆明天要做菜的材料！」就出門去了。

第14話
【愛廣特別節目】「飄搖★革命」影片也一樣太可愛的問題

「這樣啊……謝謝你們兩位。」

那由一邊用手指捲著短髮髮尾一邊喃喃道謝。

T恤外披著牛仔外套。

短褲底下露出苗條的雙腿。

她的體型還處於成長期，乍看之下不太分得出是可愛型的男生還是中性的女生。

「結花有問我，我就跟她說了幾樣妳大概愛吃的菜，所以……妳儘管期待吧。」

「她太賣力，我反而會過意不去啦。」

那由嘴上這麼說，嘴角還是微微上揚。

沒錯沒錯，妳乖乖期待就好了……不用莫名客氣。

「那我先去房間放行李，有什麼要我幫忙的就說。只讓你們為我忙，實在不好意思。」

「——那我就恭敬不如從命。那由，我有事要拜託妳。」

「咦？做什麼？」

我有些像要打斷她，這麼說了。她就嚇一跳似的抬起頭。

我盯著妹妹的眼睛……說道：

「求求妳！讓我用妳的手機——看《愛廣特別節目》！」

「…………啥？」

「——《Love Idol Dream! Alice Radio☆》！『飄搖★革命』出道紀念，緊急特別節目！」

「要開始了……結奈，做好覺悟了嗎？」

「好的！蘭夢師姊，我會努力！」

從那由的手機傳來充滿了夢、希望以及世界和平的語音。

而且畫面上還顯示出坐著揮手的三名美少女。

…………想著想著，眼淚都流出來了。

「咦……哥，你為什麼在哭？」

「不好意思啊。我是感受到生命的可貴，慶幸自己生在地球……」

「抱歉。我好久沒這樣真心覺得你很噁了。」

坐在身旁的那由還挺認真地給我擺出不敢領教的表情。

要被嚇到就儘管嚇到，想笑就儘管笑。

即使如此——我還是停不住熱愛《愛站》的心情。

——《愛廣》是《愛站》的網路廣播。

和泉結奈與紫之宮蘭夢組成的雙人團體「飄搖★革命」，就是從她們在這個節目上爆紅的言論開始的。

由這個最強團體進行的店鋪演唱會，最終公演也已經近在眼前——於是《愛廣》的製作團隊丟出了不得了的企畫。

那就是這個……由三位聲優進行十五分鐘談話的特別節目！而且還有影片！

「真是的，我才想說你到底要拜託我什麼事……竟然是要用我的手機看這個特別節目？這是怎樣？你在胡鬧嗎？只不過看個影片，用自己的手機還是電腦看啦。真的。」

「……就是沒辦法啊。結花會難為情，說什麼也想阻止我看——所以《愛廣》相關影音，她都上了奇怪的鎖，不管我用手機還是電腦都沒辦法看啊！」

「簡直像被妻子禁止看A片的丈夫。」

雖然覺得她這比喻超級貼切，但這實在不像國二女生會說出來的比喻。

——我和結花因為《愛廣》，展開了無止盡的攻防。

已經不知道抗爭了多久……

我曾趁結花不在時收聽。

也曾趁結花睡覺時收聽。

被生氣的結花封鎖了用電腦存取的權限時，我躲到無人的那由房間裡用手機收聽。

為此更加生氣的結花連我手機的存取權限都封鎖了，於是我只好跑去鉢川小姐家收聽。

結果被罵得有夠慘——還對我下了最後通牒：「下次再讓我發現，就要處罰你！」

「呃……你是白痴嗎？我說真的。既然已經沒有下次，就不要收看了。放棄啦，比賽結束了吧。」

「開什麼玩笑。要我不看結奈上的節目……那跟死了沒兩樣吧！妳知不知道我是誰……我可是『談戀愛的死神』啊！」

「誰管你對那種像是幸運餅乾的名字的自尊心。」（註：指ＡＫＢ48的歌〈戀愛的幸運餅乾〉）

那由一臉沒興趣的表情，深深嘆了一口氣。

然而……那由似乎也對《愛廣》有興趣，臉朝向手機畫面。

「和泉結奈——我之前也在網路上查過。她就是小結吧？」

「對。順便告訴妳，和泉結奈配音的角色結奈個性天真無邪，她的魅力——」

「我又沒問你，不要高談闊論……不過也是啦，我也想看小結的聲優活動，所以——今天我就放你一馬。真的。」

就這樣，我和那由談妥。

於是我與那由兩兄妹一起收看《愛廣特別節目》。

◆

「所以呢，《愛廣特別節目》開始了！今天我們就要扒光『飄搖★革命』的兩人……我說啊，為什麼每次都找我做這種節目？」

這位從開局就爆怒限全開的，是與和泉結奈同屬「60P製作」的前輩聲優——掘田出流。

她真的是每次都被叫來當這對危險搭檔的緩衝材啊。

影片上跑過的留言也都說著「用掘田出流用得好凶」、「工作人員太鬼畜，笑死」、「有種石油般的安心感」，猛虧掘田出流。

「好好好，我做，我做就是了……所以呢，這次我也會自暴自棄地照看著個性太強烈的這兩位。我是為出流配音的『掘田出流』〜〜」

「個性強烈……我不太有這自覺呢。因為我只是為了登上愛麗絲偶像的高峰，賭上一切，站在粉絲面前——我是為蘭夢配音的『紫之宮蘭夢』。如果要支持我就跟上來。全力跟上。」

從打招呼就已經個性太強烈了。

紫之宮蘭夢同樣是「60P製作」的聲優。

為「第六個愛麗絲」，也就是人氣投票第六名的冰山美人蘭夢配音……嚴以律己，氣場強得非同小可，是「飄搖★革命」的成員之一。

而最後一位是——

「耶～～各位聽眾～～！這是影片耶～～一直在動～～！今天也請大家盡情聽個夠再回去！我是為結奈配音的『和泉結奈』，還請大家多多指教！」

她時而揮手，時而左右搖擺身體，從一開始就活力滿滿。

「60P製作」旗下少根筋又笨手笨腳，無論何時都到處讓粉絲綻放笑容的新秀聲優。

和泉結奈——是我所愛的宇宙第一愛麗絲偶像結奈的聲優。

「小結的咖啡色頭髮綁雙馬尾也挺好看耶，真的很可愛。」

「那是在配合結奈的打扮。結奈喜歡很少女的打扮，所以這種以粉紅色為基調的服裝都對應到角色，裙子的長度也——」

「好煩……我會聽不見她們說話耶。閉嘴好嗎？」

那由以冰冷得嚇人的聲調說了。

原來妳這麼專心在感受《愛廣》的世界嗎？那由妳很有心嘛。

「那這次，我們就從這個盒子裡抽出題目，請兩位談談～那我要抽了……噔！題目是：『兩位最重要的是什麼？』」

「是『弟弟』！」

「當然是『偶像』。」

「好的～那我們進到下一題～～」

主持人不改臉上的笑容，若無其事地帶過。

怎麼辦……掘田出流愈來愈擅長應付她們兩個了……

「『印象最深的一次店鋪演唱會是？』……原來啊。那就從結奈開始，盡情說個夠！」

「好……好的！呃……雖然每一場公演都好開心，但如果要說印象最深刻的，應該是沖繩公演吧。」

和泉結奈先這麼說，然後露出滿面笑容。

「因為這是我第一次擔任主角現場演唱……第一場在大阪公演，總之就是一股腦兒地拚。然後，到了第二次公演，我就有種壓力……覺得必須表現得比大阪公演更好。」

「啊～我懂我懂，就是一種覺得非得超越以前的自己的壓力吧。」

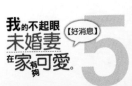

「就是這樣！所以，前一天我整個人變得硬梆梆的……簡直像變成石頭。然後，我做了很多自主練習，想了好多各式各樣的事情——結果，我忽然發現了。發現我為什麼作為一個聲優，會想這麼努力。」

和泉結奈朝紫之宮蘭夢瞥了一眼。

然後以滿面的笑容……說了：

「我希望無論是粉絲還是身邊重要的人，全都能開懷歡笑。希望我的配音還有歌曲，多少能送進大家心裡——讓大家笑著度過每一天。一想到這裡……到了演唱會時，我就能開心地唱歌。在名古屋和北海道，我也都得以用這樣的心情努力表演……所以沖繩公演對我來說，有種爬上了一階樓梯的感覺！」

「……結奈正經地說話了……這不是石油危機，是結奈危機……」

「咦，掘田姊為什麼是這種反應？虧我正常地講了一段佳話！」

畢竟妳平常就是那個樣子嘛。掘田出流會有這種反應，我也不是不懂。

可是同時——我覺得眼頭一熱。

雖然出了很多狀況。

畢竟當時我就近看著……結花儘管感受著壓力仍拚命努力，最後讓沖繩公演成功的模樣。

「那麼，接下來輪到蘭夢了。『印象最深的一次店鋪演唱會是？』」

紫之宮蘭夢面無表情，手按在嘴上細細思索。

接著——她輕輕一笑。

「這個嘛……我也是沖繩公演。」

「是喔？蘭夢為什麼會覺得沖繩印象最深刻呢？是因為感受到結奈的成長之類？」

「這當然也是原因之一。只是，儘管提私人感情實在不好意思……就是讓我很懷念。」

「很懷念？」

掘田出流吐槽的同時，我也在心中說出了同樣的話。

紫之宮蘭夢是個不太公開個人資訊的聲優。出身地、興趣、為何想當聲優——哪兒都找不到她的這些資訊。

所以會說「懷念」……該不會她是沖繩出身？

「咦，蘭夢是在沖繩出生的嗎？完全聽不出鄉音就是了。」

「不，我跟沖繩沒有這樣的關連。就只是因為……看到了令我懷念的情景。也因為這樣——讓我能有動力在偶像這條路上更加努力。」

「……是喔？蘭夢像這樣說起自己的感情，是不是挺稀奇的？」

「就是啊！蘭夢師姊，請問妳在沖繩發生什麼事情了？」

「——任由各位想像。因為偶像多少有些神祕，更是恰好。」

「……要比可愛，是小結比較可愛。可是這個人氣場也太強了吧？」

那由在看《愛廣特別節目》看得出神的我身旁，喃喃說了這句話。

紫之宮蘭夢真有一套，連對聲優不熟的那由都感受到了她的氣場。

「倒是啊，為什麼她們全都是長髮？這是怎樣？御宅族都不把短髮女生放在眼裡？」

「妳這是什麼偏見……《愛站》裡有很多短髮角色，而且聲優裡面也有，就只是今天這三個人碰巧都是長髮吧。」

「那麼哥，長髮和短髮，你喜歡哪個？」

怎麼突然瞪著我問這種問題啦？

「妳這就問得笨了……我是『談戀愛的死神』。只要是為了結奈，我連心臟都願意獻出耶。想也知道我最喜歡的就是結奈的髮型吧。」

「畢竟平常的小結也是長頭髮嘛，呿！」

咦？為什麼發火？也太莫名其妙了吧？

——叩叩！

就在這個時候。

有人從門外敲響那由的房門。

「小那～～妳回來了嗎～～～？小遊也在裡面嗎～～～？」

「……在很久了。」

我趕緊從內側頂住門，不讓她開門。

然後吞吞吐吐地對結花說：

「結……結花！我們兩兄妹在談重要的事情！兩三分鐘就談完！」

「那麼，差不多到了要和各位道別的時間！所以呢，最後就請兩位針對即將來臨的東京公演，說說自己的抱負！」

「好的！能在聖誕節這個浪漫的日子，在大家面前唱歌，讓我非常開心！為了讓這一天無論對大家還是對我自己而言，都能變成美妙的回憶——我會全力以赴！」

「無論是最後，還是最初，我要做的事情都不會變……我會為你們送上最棒的表演。我會讓整個舞臺火熱到……讓你們甚至忘了聖誕節，你們可要有心理準備了。」

「啊，小結，節目差不多要結束了。」

「笨……那由！我們不是說好不要講出來嗎！」

「囉唆。反正你又不把短髮女生放在眼裡，那你應該看不見我……你好，現在是透明人那由在自說自話。」

「根本只是妳自己在講吧！」

「節目？節……難……難道說！小遊……你在看《愛廣特別節目》？我們說好的不是這樣！開門啊，真是的！我絕對不原諒你～～～！」

結花用力敲著門吶喊。

我全力嘗試對這樣的結花辯解。

「結花！妳冷靜想想，妳還記得嗎？妳禁止的是《愛廣》，可是這是有動作有談話——沒錯，不是廣播！所以安全上壘！壓倒性地安全上壘！」

「但這名稱不就叫《愛廣特別節目》嗎？哥，你是笨蛋嗎？」

「妳才是笨蛋吧！為什麼我要滅火，妳卻在攪局啦！」

「小遊才是笨蛋，真是的～～～！笨蛋笨蛋～～！笨蛋笨蛋笨蛋，笨～～蛋笨蛋～～！」

這是《轉生後發現自己來到只有老套轉折的世界怎麼辦？》的廣告喔。還請各位隨意地叫它《轉轉》。

我運用我的財力，終於讓大好評播映中的《轉轉》的藍光光碟確定要上市了！大家聽了是不是想買？想買了嗎？

初回同捆特典是我的劇照！

就請大家看著劇照，愛怎麼妄想都可以。沒錯，就像同人誌那樣！

呵呵呵～～我非常期待……各位聽眾會買喔。

第15話 一起談談能在聖誕節見到推角的幸福吧

——聖誕夜那天，搞得我可慘了。

我跟回國的那由借手機來看《愛廣特別節目》，這件事被結花知道，讓她進入氣呼呼模式。

我被處以連續摸摸頭一小時之刑作為處罰。

於是我瘋狂摸結花的頭，讓她心情好起來之後。

——迎來了聖誕節當天。

『結花，最後一場店鋪演唱會也要加油喔。還有，妳這輩子還是第一次聖誕節約會，要好好聽遊哥的話喔，知道了嗎？』

「囉唆！勇海妳這個保護過度白痴～～！」

結花滿臉通紅，朝著設定成擴音模式的手機大喊。

這通ＲＩＮＥ電話的對象是勇海。

「那麼勇海，等妳到了我們這邊，就來我們家吧。我和結花回家前，請妳和那由兩個人在家等我們。」

第15話
一起談談能在聖誕節見到推角的幸福吧

『我明白了，遊哥。既然結花和遊哥要約會完才回來，我是不是也來當小那的護花使者——開始一場只有我和她兩個人的派對？』

「……用不著。」

那由慵懶地對說著同一套玩笑的勇海撂下這句話。

然後就不由分說地掛斷了電話。

真是的，今天是聖誕節——但我們家真的就和平常一模一樣。

十四點～　店鋪演唱會in東京　結花表演，我參加

十七點～　我和結花一起去遊樂園約會

十八點前　勇海抵達我們家和那由一起等我們

二十點～　我、結花、那由、勇海一起開聖誕派對

結花構思的聖誕節行程差不多就是這樣。

演唱會、約會、一家人一起開聖誕派對，她把所有想做的事情都塞進行程裡……但比起要兼顧演唱會和教育旅行的沖繩行程，倒也不是那麼勉強。

站在我的角度是認為這是我們兩人第一次一起過的聖誕節，所以希望能讓結花開心……而且為了那由，我也希望能有一段家人一起過聖誕節的時間。

所以坦白說，我很感謝多方調整行程的結花。

「好～～那我們要出發了，小遊！開心的聖誕節要開始了～～！叮叮噹，叮叮噹～～♪」

「結花，妳有夠開心耶……那麼那由，晚點見啦。」

「……嗯。」

——怪了？

我覺得不對勁，盯著那由的眼睛。

「妳是不是有點沒精神？還是該說在發呆？」

「……咦？沒……沒有啊，沒這回事！……別說那麼多了，你們兩個快去吧。」

「嗯，小那，那我們出門了。啊，冰箱裡放了很多菜，可是……不可以先吃喔。因為到了晚上，大家要一起開派對！」

「我才不會吃。難得小結費心準備，我才沒笨到會搞砸。」

那由說著——一臉笑咪咪。

明明平常都擺一張撲克臉，態度也很衝……現在這種自然的笑容是怎樣啦。今天的妳還是太奇怪了吧？

那由對有些想不通的我說：

「那我在家等。哥，比起我，你要以約會為優先喔。生日都幫我慶祝了，跟我過聖誕節……順便就好。真的。」

「喂～～！佐方，這邊～～！」

我在會場附近的車站和結花分開，去到店門口一看。

有個甩動一頭染成咖啡色的頭髮，一副辣妹樣的女生用力揮著手。

女用襯衫加上黃色開襟長版針織衫頗為時髦，從短褲底下露出的雙腿又白又修長。

看上去就只是個開朗角色辣妹的——二原桃乃。

但其實她的服裝……是《花見軍團滿開戰隊》裡的滿開向日葵變身前所穿的衣服，胸前的向日葵胸針更是完美重現。

內涵是個特攝鐵粉——這也是二原桃乃的一面。

「嗨，遊一……天氣真不錯啊。就好像太陽公公也在祝福蘭夢大人她們的表演啊……」

在她身旁說出這句耍帥臺詞的，是阿雅——倉井雅春。

他頂著刺蝟頭，魅力點是黑框眼鏡。

身上穿的紫色T恤上以白字寫著「愛站」。

這是在網路上買的嗎？

當然我也一樣……穿著以白字寫著「愛站」的粉紅色T恤就是了。

「不過還真的是……萬萬沒想到二原竟然會來參加《愛站》的活動啊，遊一！更沒想到她推到都可以拿到票了，嚇死我。」

阿雅看著二原，說得心有戚戚焉。

二原同學對這樣的阿雅眨了一隻眼睛，回答：

「我是最近才開始接觸的新手耶，比不上倉井你們這種鐵粉啦……可是！畢竟和泉結奈太可愛了啊～～！真～～～的是棒透啦！推得下去！」

二原同學眼睛發射星星，大談她對和泉結奈的愛。

二原同學真的很喜歡結花，不管是平常的結花、在校結花，還是和泉結奈，都不例外。

甚至票也是自己參加抽票抽中的。

「不用分什麼新手老手啦！只要有愛著《愛站》的心，大家都是自己人！我推蘭夢大人，遊一和二原推結奈公主——我們一起全力推自己愛的角色吧！推到讓滑雪場都融化！」

「ＯＫ！你對別人喜歡的東西很寬容，這點有夠棒啊，倉井！好，你們兩個，今天會很熱鬧的！」

看著阿雅和二原同學為了對推角的愛而情緒沸騰。

我心中的「談戀愛的死神」——蠢蠢欲動。

「……好，那我們走吧，阿雅，二原同學。接下來要開始的……不只是一場演唱會，是配得上聖誕節的神聖慶典！來，讓我們亢奮起來——喊到喉嚨破！」

◆

於是我、阿雅與二原同學排隊進了店。

在全站位的觀眾席上各自拿出了自己帶來的螢光棒。

——沖繩公演那次是臨時參加，所以無論是螢光棒還是原創T恤，我都來不及準備。

但這次我就能全副武裝來推「飄搖★革命」……讓我感慨萬千。

「喔喔喔，好厲害～～！人有夠多的啦～～！『飄革』會不會太強了？」

「畢竟是由明明應該水火不容的蘭夢大人和結奈公主神蹟似的水乳交融，才成就了這個神團啊……這是當然的結果吧。」

「聽說今天的票中獎率還滿低的。現在回想起來，結奈這一路也走了好遠啊……」

我們各自說出心中的感想。

距離開演——還剩十五分鐘左右。

「我去一下洗手間。因為正式表演時我想專心。」

「喔喔，去吧，遊一！可別趕不上開演啊。」

「慢走～～」

阿雅說得沒錯，要是趕不上開演，那可不是開玩笑的。

我急忙去上完洗手間，準備回到阿雅他們身邊。

「啊，這不是遊一嗎？」

結果聽見有人用耳熟的嗓音叫了我的名字。

回頭一看，發現是穿著白襯衫搭窄裙，外表像個幹練粉領族的鉢川小姐。

「對喔，你說過拿到了東京公演的票嘛。」

「是。還有，我的朋友和二原同學也來了。」

「是喔，桃乃也來了？這樣啊……她真的很支持結奈呢。結奈有個很棒的朋友。」

鉢川小姐這麼說完，開心地笑了。

這個經紀人看到自己負責的聲優幸福，簡直感同身受地開心。

我想就是因為有這麼好的人當經紀人，結花才能這麼努力……非常謝謝妳，鉢川小姐。

「那我差不多得回去了。遊一，結奈和蘭夢的舞臺……你就慢慢欣賞吧。」

「好的，賭上我的性命。」

接著和鉢川小姐道別後，我回到阿雅他們身邊。

「喔，佐方，趕上啦～～」

「好，遊一……調整好心情吧。因為差不多要開演了。」

我和他們兩人聊了幾句——燈光就忽然變暗。

我們揮動螢光棒，為她們加油。

會場的同志們也在這股熱氣中，朝舞臺發出喊聲。

接著——

「《Love Idol Dream! Alice Stage☆》——《愛站》。今天聚集在這裡的，都是熱愛這個舞臺的人吧。」

「好厲害喔，蘭夢師姊！有太多的愛，我都快要被壓扁了！」

「結奈，怎麼可以這麼容易就被壓扁？我們要去到更高的境界。因為哪怕今天的演唱會結束——我們的夢想也絕對不會結束。」

「蘭夢師姊！就說妳每次都把標準拉太高啦！」

會場捲起了笑聲的漩渦。

聽得見有人喊：「蘭夢大人好帥氣～～！」「結奈好可愛～～！」

當然我們也在喊啦。

「那麼我們開始吧。直到最後都要全力以赴……做出最棒的表演。」

「好～～！蘭夢師姊，我們一起加油吧！讓大家露出滿～～滿的笑容！」

「「《Love Idol Dream! Alice Stage☆》——新團體『飄搖★革命』，店鋪演唱會！in東京！」」

剛聽到兩人異口同聲說完，這世上的奇蹟就降臨到舞臺上。

「大家好愛麗絲，我是為蘭夢配音的紫之宮蘭夢。有這麼多粉絲聚集在此，我非常感謝。」

紫之宮蘭夢一頭紫色長髮飄起，帶動以紫色為基調的大膽又妖豔的服裝——微微一笑。

「大家好愛麗絲～～！好棒～～有好多人來看～～！各位，謝謝大家聚集在這裡！我是為結奈配音的和泉結奈，還請大家多多指教～～！」

和泉結奈甩動綁成雙馬尾的咖啡色頭髮，蹦蹦跳跳。

她一身粉紅色的可愛服裝，今天也一樣活力滿滿地笑著。

「「而我們是——『飄搖★革命』。」」

兩人再次異口同聲說出了這個最棒的團名。

觀眾們一齊歡聲雷動。

「今天這場店鋪演唱會，終於就是這波巡迴公演的最後一場……結奈，參加『飄搖★革命』現場演唱，妳有什麼感想？」

「那當然是很緊張啦！因為要和蘭夢師姊組團嘛。」

「……這可以解釋為是對我緊張嗎？」

「當然是了～～蘭夢師姊在工作上嚴以律己，我就會覺得自己也得努力才行——所以有種好的緊張！也是多虧這樣，連我自己都覺得有了些長進！」

「沒想到妳還挺敢講的……別看我這樣，我最近可是有在小心，別讓旁人太怕我呢。」

真想知道具體來說是小心什麼環節。

「啊，對了，蘭夢師姊，今天是聖誕節！演唱會我當然也很期待，但我對聖誕節更是……更是！但願可以下雪啊，白色聖誕節！」

「天氣預報是說，今天是大晴天。」

「……哼～～我們來下雪啦。」

「想下雪，就去努力。看是要製造降雪機，還是用魔法之類的方式求雪——有各式各樣的手段吧？」

「……可是，那些手段都沒辦法在今天就掌握住嘛。啊啊，早知道就該早點準備了……」

太欠缺吐槽的人，讓話題往莫名其妙的方向發展。
很能體會《愛廣》的工作人員看重掘田出流的理由啊。
「我……從誓言要登上愛麗絲偶像頂點的那一天起，就決定絕不慶祝聖誕節。」
紫之宮蘭夢以率真得讓人嚇一跳的聲調——如此告知。
對此，和泉結奈「咦～～！」了一聲。
「我覺得開心過個聖誕節，應該不會遭天譴吧？蘭夢師姊不管什麼時候都全力以赴，追求更高的境界——這點我想不管是天神還是聖誕老人，都很清楚！」
「謝謝妳，結奈……可是，不管天神怎麼想，我都不會慶祝聖誕節。因為這是對選了這條路的我自己畫出的界線。而且，這也是為了所有因為我選了這條路——而傷害到的人。」
紫之宮蘭夢一如往常，不改冷冷的表情。
但感覺有那麼一瞬間……她露出了悲傷的眼神。不知道是不是我的錯覺。
「……不過先不說我，無論是結奈還是會場的大家——還請把演唱會和聖誕節都開開心心地過。我會讓今天變成大家永遠也忘不了的聖誕節……大家做好覺悟了嗎？」
「就由我們送給大家一個最棒的聖誕禮物！所～～以～～呢……我們一起歡笑吧！」

「「那麼就請大家聽這首——〈夢想絲帶〉。」」

◆

「各位！非常謝謝你們今天來聽演唱會！」

「我會期待下次相見的日子……非常謝謝大家。」

和泉結奈與紫之宮蘭夢流著汗水，深深一鞠躬。

會場一齊掀起了沸騰的掌聲。

「好厲害……好棒啊，蘭夢大人～～～！」

阿雅整個亢奮起來吶喊。

「結結……有夠棒的。真的……太厲害了吧……」

二原同學低下頭，太過感動，當場淚如雨下。

——他們兩人身旁的我淚腺也漸漸變脆弱。

我認為這次表演就是這麼美妙，這麼扣人心弦……不折不扣是集這波店鋪演唱會之大成。

第15話
一起談談能在聖誕節見到推角的幸福吧

「但願大家的聖誕節……也將充滿了精彩！」

和泉結奈在舞臺上大大張開雙手，用最燦爛的笑容說了。

她無邪又純真的身影……與平常的結花重合。

讓我心中一陣溫暖。

☆因為今天是個很棒的日子☆

呼啊啊……剛剛好緊張啊！

可是，最終公演也順利結束……真的是太好了。

一回到休息室，我就鬆懈下來，癱軟地趴到桌上。

能量已經完全用光了。

「……結奈，剛才對不起喔。」

我就這樣將臉頰貼在桌上癱軟著。

結果站在鏡子前面的蘭夢師姊喃喃說了這句話。

「咦？蘭夢師姊，妳在說什麼？」

「舞臺上的事。聖誕節的話題……的確，蘭夢是個冰冷的孩子，所以並不是偏離角色形象太遠。但即使是這樣，我還是說了太多私事，讓氣氛變得沉重……我還差得遠了啊。」

「哪裡哪裡，怎麼會！會場的氣氛也很熱鬧，完全沒問題！而且要是那樣就得反省，我就不知道得反省幾次了！」

「……呵呵。謝謝妳，結奈。」

我比手劃腳想讓師姊明白我的意思──結果聽到蘭夢師姊苦笑。

然後她盯著我的眼睛──說道：

「剛才的話，是我的真心話。我嚮往曾是頂尖模特兒的真伽惠──誓言不惜捨棄其他一切，也要實現夢想。所以，無論是作為對自己的警惕，還是為了那些我因為夢想而犧牲的人……我都決定不慶祝聖誕節。」

──犧牲，是嗎？

蘭夢師姊的人生活得太嚴以律己，和我完全不一樣。

所以我也不能說得以為自己多懂，可是……

「請師姊……不要這樣，什麼都由自己一個人扛。」

…………然而，我說什麼都制止不了這種念頭。

「我認為蘭夢師姊就只是一心一意，把一切都賭在偶像這個夢想上──對這個夢想就是這麼一心一意。我……優柔寡斷，所以無論家人、朋友還是粉絲，對我來說都很重要，我沒辦法從裡面只選一個就是了。」

因此，希望她不要這樣逼著自己。

不要悶在心裡。

「假設一個人有著一心一意喜歡的對象，而拒絕了向自己告白的另一個人——我們也不會說那是『犧牲』了那個人吧？當然我也認為被甩的一方會受到打擊，也許會很沮喪，可是……當這個人有一天找到了不一樣的戀情或夢想——『失戀』應該就會變成回憶。所以，呃……」

啊嗚……連我自己都搞不懂了。

一定是因為想說艱澀的道理啦，我真是的。

「謝謝妳，結奈——我好久沒有這樣覺得心裡的負擔輕了些。」

蘭夢師姊凝視著一臉覺得自己搞砸的我——笑了笑。

是那種……平靜而溫和，讓看著她笑的我都覺得心情變柔和的微笑。

「結奈，妳就照妳的作風，懷抱所有妳重視的事物去發光發熱。還有，沒錯……我期盼——妳和妳『弟弟』的聖誕節會過得很精彩。」

「咦！師……師姊為什麼知道我要和『弟弟』過聖誕節？」

「……當然知道。看著妳的眼睛就知道，對吧？」

我們聊著這些——就聽見休息室的門被敲響，久留實姊走了進來。

「妳們倆都辛苦了！今天的演唱會是最棒的一次！我真的看得好感動！」

久留實姊大動作揮舞雙臂，很亢奮地誇獎我們。

嘻嘻嘻～～被誇成這樣，我會害羞啦。

「哎呀，真的是辛苦了～～妳們兩個都好棒啊。」

接著久留實姊身後又多了一個人——一隻手提著伴手禮袋子的掘田姊探出頭來。

「啊，是掘田姊！辛苦了！」

「掘田姊，妳來看我們表演啊？」

「因為我三不五時就會被叫去當『飄革』的主持人嘛。妳們兩個多努力，我怎麼可以不看看呢？倒是為什麼每次都是我啊，久留留？」

「人選不是我決定的。不過，我想大概就是出流的口才受到肯定吧？」

「總覺得這評價讓人有點高興不起來耶……」

掘田姊一邊和久留實姊閒聊一邊走進休息室，接著就從伴手禮的袋子裡拿出看起來很好吃的馬卡龍組合。

「哇啊，看起來好好吃喔！感覺甜食會深深滲進疲憊的身體！」

「謝謝掘田姊特地費心了。光是每次都願意接下主持人的工作，我們就非感謝不可了，還送我們點心……」

「啊～～不過說起來，當主持人是很好啊，我也希望多接點工作。只要妳們兩個講話時可以再多那麼一點～～點自重，就會很好喔。」

是，對不起。

雖然不知道能否辦到，但我會改善。盡量。

然後掘田姊看看我，又看看蘭夢師姊，清了清嗓子。

「話是這麼說——不過妳們兩個又都是同一間經紀公司的師妹，我自認也是很疼愛妳們，所以啊……就只是想趁妳們在最亮麗的舞臺上表演完之後，好好幫妳們慶祝一下！」

「出流的個性真的是充滿了人情味呢。雖然在《愛站》就是充滿石油。」

「久留留，可以不要說這種話嗎！」

「啊，掘田姊，妳臉都紅了耶。」

「結奈，那是因為掘田姊在害臊。她的個性就是會覺得這種樣子被人看見很難為情，所以不可以太明確指出來。」

「蘭夢！妳的發言才惡質多了好嗎！」

☆因為今天是個很棒的日子☆

「……我當然是明知道這樣才故意說的喔。」

「～～～啊～～真是的！」

掘田姊用力搔著頭，撇開了臉。

這樣形容師姊實在過意不去……但她這樣好可愛～～～

那種傲嬌的感覺，還有為了掩飾害羞而生氣的樣子，真的是棒透了……感覺就像萌角在現實世界中有了形體。掘田姊，我喜歡妳……

……啊，說到傲嬌。

不知道小那是不是滿懷期待地在家等著。

——小那國小時，在學校和家裡都經歷過難過的事情。

我國中時也曾繭居在家，所以……我隱約能了解。

了解在這種時候支持自己的人事物會一直留在自己內心正中央。

就像我內心正中央有著「談戀愛的死神」先生——有小遊在。

我想小那的內心正中央也有著和家人之間的——一起過重要的聖誕節這樣的回憶。

我和勇海也會以家人的身分跟小那一起熱鬧。

如果勇海胡鬧，我會好好對她訓話。

「……怎麼啦，結奈？妳看了好幾次時鐘。」

「咦！沒有，什麼事都沒有啊。」

蘭夢師姊真不是蓋的……對四周觀察入微啊。

距離和小遊碰頭的時間還有一小時。

呵呵呵……在遊樂園約會時，我要讓他充滿心動，把會嚇得他腿軟的禮物交給他，讓他有～～夠開心！

然後回到家——就要和大家一起開個最棒的聖誕派對♪

第16話 【好消息】我和未婚妻盡情享受第一次聖誕節約會

『倉井那邊我順利交代過去了！所以你們聖誕夜儘管去玩得開心！啊，順便說一下……我送你埋胸服務當聖誕禮物如何？』

令人感謝的話語與令人不知該如何反應的提議，同時以RINE傳給我。

我左思右想了一會後，只回了一句「謝謝」……就算是二原同學，總不會覺得這句「謝謝」是針對埋胸的提議吧。

——店鋪演唱會結束後一會。

我靠二原同學的幫助，擺脫了阿雅。

從東京的會場只需走一小段路的遊樂園。

還有一段時間才要碰頭……於是我背靠在入口附近的柱子上，開始抽《愛站》的卡。

「……喔！」

這個時候——天神降臨到我面前。

現在正在進行一個叫作「愛麗絲聖誕老公公的開心聖誕快樂！」的活動——會出現各個愛麗絲偶像穿上聖誕裝的卡。

而我竟然只用一抽……就抽中了「結奈　SR　穿聖誕裝碰頭！」。

而且這次各張卡上還附加了聖誕快樂相關語音。

不妙！這強運是怎麼回事？運氣好到讓我今天就死在這裡也不會吃驚啊！

在令人感受到冬日寒冷的市街背景下。

由迷你裙聖誕裝與白色過膝襪構成的絕對領域。

不同於平常活力滿滿的模樣，她臉頰泛紅，笑得靦腆。

名為結奈的女神——朝我伸出了雙手。

這樣的她說出的語音是：

『嘻嘻嘻，嚇了一跳嗎？結奈聖誕老公公來了！……咦，你問我禮物在哪裡？來，你仔細看看……要禮物，不就在這裡嗎？』

「嗚嗚嗚嗚……唔……！唔喔喔……！」

由於有旁人在，我勉強忍著不發出怪聲。

但我的情緒就快要爆發了。除了「喜歡」這句話以外的一切，幾乎都要被擠出記憶。

我認為這次的結奈——就是有著如此破格的破壞力。

「啊，是小遊！小遊～～！」

我正目不轉睛地盯著手機畫面……就聽到遠方傳來結花的聲音。

我打起精神，轉頭正要看向結花——卻驚覺不對。

我趕緊用力閉上眼睛。

「……咦？小遊，你為什麼閉著眼睛？」

「……看了我會死。」

「什麼啦！我又不是詛咒人偶！」

我可不會這麼容易就被誘騙上當。

綿苗結花，是和泉結奈……也就是結奈的聲優。

而這種會讓人廢掉的語音，當然就是結花配的。

結花演過這種極具破壞力的事件後，會想到的念頭……只有一個。

——嗯嗯……原來！這樣就會讓男生高興啊！

沒錯……結花現在絕對穿著聖誕裝在我面前！

然後，關於她非常賣力準備的禮物……無疑就是『要禮物，不就在這裡嗎？』這個套路！

「真是的，小遊～～！看看我嘛！虧我為了今天特別費心打扮耶～～！」

「所以我才閉上眼睛！因為妳費心的方式很危險！二次元也就算了，在現實世界的室外約會做那樣的打扮……就太色了啦！」

「為什麼啦！大家不都穿這樣嗎！」

「大家都穿？東京太危險了吧！」

「危險的是小遊的妄想，真是的！別說那麼多了，睜開眼睛啦！」

結花對我氣呼呼地揮著手臂，讓我心不甘情不願地睜開眼睛一看——

我看見的……是打扮得很時髦，和去北海道時一樣披著白色厚大衣的結花。

「……咦？不是聖誕裝……？也就是說，不是採取『要禮物，不就在這裡嗎？』作戰——」

「我才不會做那種事！在家裡我是會做，可是在公共場合這麼做，就只是個色女吧！小遊大笨蛋～～！」

原來在家就會做啊……我這麼想著，但結花臉頰鼓得有夠誇張，我便吞下了這句話。

總之我就是一心一意對氣呼呼的結花道歉。

「難得正要約會～～人家生氣了啦！」

「對不起。完全是我不好。」

「唉～～氣都消不下來耶～～如果你說喜歡我，說不定就會消喔～～」

「呃……我喜歡妳。請原諒我，因為我喜歡妳。」

「──嘻嘻！嘻嘻嘻嘻嘻嘻！很好，就原諒你吧！」

一聽到喜歡這句話，結花就笑逐顏開。

她伸手勾住我的手臂，走向遊樂園。

「跟小遊約會♪美妙的約會♪在聖誕節～～開心地約會～～♪」

「真是的，妳就是這麼容易得意忘形……那麼我們要先從哪裡逛起？記得入口有在發免費地圖……」

「等一下，小遊！不對！」

…………什麼？

她伸出左手一指，可是……到底是什麼不對？

我正煩惱著該如何回應，結花就一臉堅決的表情說：

「今天的約會，由我來帶領！所以小遊，請你把一切都交給我！」

「咦……妳這麼賣力，我反而會不安耶……」

「為什麼！──總之！這是我第一次和最喜歡的人過聖誕節，所以……我安排了最棒的計畫

——讓這次約會可以浪漫又開心，讓我們兩個都感受到幸福，可以更喜歡彼此！」

「這標準高得非比尋常耶，要不要緊啊？」

「啊。遊樂園的約會路線就不用說……我們不是約好了要交換禮物嗎？那是今天的主軸，所以……我已經想好了在最有氣氛的時機來進行！到時候我會好好提起這件事，小遊你就滿懷心動地等著吧。」

標準高得已經穿出大氣層，看都看不見了。

她瘋狂拉高期待，高得讓我聽了都怕。

不知道結花自己是沒搞懂還是沒在意，比平常更加笑咪咪的。

接著結花雀躍地舉起左手說：

「好～～！那聖誕節計畫，第二章——恩愛的遊樂園約會，出發～～！」

◆

說到遊樂園，會想到雲霄飛車、咖啡杯、鬼屋和旋轉木馬等各式各樣的遊樂設施。

結花首先選擇的——是摩天輪。

……雖然我也只有看動漫得來的知識，我對摩天輪就是有種在約會最後段才搭的印象。

也罷，企劃者本人都笑容全開地哼著歌，顯得很開心，所以也無所謂啦。

「小遊！嘻嘻嘻……今天的主軸就是摩天輪！」

「咦，是主軸？會不會太快？」

「順便說一下，雲霄飛車和咖啡杯，也全～～都是主軸！」

真是滿滿主軸的大全餐啊……

我和結花一邊聊著這些沒什麼營養的話題一邊搭上摩天輪，面對面坐下。

摩天輪微微搖動得喀咚作響，慢慢升起。

「唉～～今天天氣好好～～……果然是不太會下雪吧。」

「妳那麼希望下雪嗎？」

「……因為反正都是要過聖誕節，當然是白色聖誕節更浪漫嘛。」

結花莫名以白眼瞪我。

看到結花像個愛作夢的少女，我不由得噗哧一聲笑出來。

「啊～～好過分～～！不要笑啦～～還取笑人家～～！」

「我沒取笑妳啦。只是……我只是想到，也對，既然都要過，的確下雪會更開心吧。」

「真的嗎？……唔～～」

結花說著用懷疑的眼神盯著我——結果自己也笑了出來。

看著這樣的結花，我又更開懷大笑。

我們在漸漸上升的摩天輪車廂中相視而笑了一陣。

「啊哈哈，果然只要跟小遊在一起，就會很開心！」

「這是我要說的話，結花就是少根筋，每次都把我逗笑。」

「……雖然覺得如果是白色聖誕節就更棒了……可是——」

剛聽到結花放低了音量……

接著只見她微微低頭看著我——軟軟一笑。

「我這輩子第一次能和最喜歡的人一起過聖誕節。光是這樣，就讓我高興得不得了。謝謝你，小遊……謝謝你陪我。」

「嗯、嗯……我才要謝謝妳……」

她看著我的眼神實在太清澈。

我急忙撇開臉，看向外頭。

現在還不到晚上六點，但十二月的夜晚，太陽已經完全下了山，整片天空都黑了。

也正是因為如此……從窗內俯瞰的街景漫反射著無數燈光。

簡直就像閃亮的寶石——發出璀璨的光芒。

我看著這樣的夜景看得出神，不經意朝結花說了一句：

「好漂亮啊，結花。」

「唔咦！啊，啊嗚嗚……謝謝，誇獎……」

「咦？」

看到結花滿臉通紅，我才驚覺不對。

「好漂亮啊，結花。」這句話——我只是在說夜景耶！

搞得自己像是唐突說出做作臺詞的傢伙，讓我有夠難為情……

以後說話要避免省略主詞……

結花視線朝上盯著開起一人反省會的我。

露出水潤的眼神——說道：

「……小……小遊也……很帥氣喔。還有，很可愛，又很療癒。光看就讓我心動……好喜歡。最喜歡小遊了。啊～～喜歡……最～～喜歡小遊了。」

……我還以為耳朵、腦子和心臟要一起壞了。

而且我的心臟還怦怦跳得好大聲。

不妙……就算想冷靜下來，我人在摩天輪上，結花一定會進入視野……

「欸，小遊……我可以坐過去你那邊嗎？」

「咦！不不不！兩個人坐在同一邊，重心會傾斜，車廂會掉下去吧！」

「啊哈哈，怎麼可能嘛～～畢竟我在漫畫裡看過……男女朋友都會坐在一起打情罵俏嘛。」

接著結花——挪到我身旁，用力抱緊了我。

一頭柔順的黑髮甩了開來，刺激我的鼻孔。

結花把臉埋到我胸口，發出可愛的一聲：「呼喵……」

我感覺到心跳變得有夠快，懷疑心臟都要當場爆開了。

「……小遊為了我心臟怦怦跳。好開心……」

結花似乎感受到了我的心跳，用臉頰磨蹭我的胸口撒嬌。

這次換成別的地方快要爆炸了……

「……好幸福。我就是這麼喜歡小遊……喜歡到懷疑自己這麼幸福真的可以嗎。」

結花不知道我的糾結，繼續乘勝追擊。

「喜歡……我好喜歡好喜歡小遊。小遊陪著我，讓我好開心。我們兩個人可以一起歡笑，每天都好開心。我太喜歡小遊，喜歡得都要發瘋了……這樣的情形，我這輩子還是第一次。」

心臟跳動撲通撲通地愈來愈猛烈。

不知不覺間，我們正好來到了摩天輪的最高點。

——結花忽然抬起頭。

她連耳朵都通紅，有著像要融化的表情。

然後手繞到我背後用力圈住。

這……是那個嗎？

在漫畫裡常見的，在摩天輪的頂端——接……接吻那招？

「小遊……」

「結……結花……」

結花的甜香、擾動胸口的說話聲、率真又漂亮的眼眸。

讓我再也忍耐不住——用力抱緊了結花。

「……嗯。」

結花低聲呻吟。

這聲低呼更加刺激我心中的某種事物。

……接著結花悄悄挺直了腰桿。

慢慢把臉湊過來。

——啾的一聲。

一種柔軟又溫暖的觸感碰上我的右臉頰。

「……咦？」

「……小遊這麼期待？可是，約會才剛開始，所以——這邊還不能給。」

結花滿臉通紅，用食指輕輕碰上我的嘴唇。

然後對我露出爽朗的笑容。

這是怎樣？結花……妳玩弄男人心的本事會不會變得太高明？

一想到以後三不五時就要被她這樣……

——坦白說，我想要有備用的心臟。真的。

◆

有如永恆的摩天輪時間結束後。

結花牽著我的手，開開心心地往前走。

「好～～那我們去玩下一種吧！這次啊——」

「——嗯？結花，等一下……有電話。」

從口袋裡拿出震動的手機一看，上面顯示為勇海打來的ＲＩＮＥ電話。

我這才想到，現在正好是勇海預計抵達我們家的時間。

不知道是怎麼了……該不會被那由趕出來了？

「喂？怎麼啦，勇——」

『遊哥！事情不好了！小那她發高燒……』

『為什麼要打電話啦！掛掉啦，勇海！』

『喂……小那妳冷靜點！妳這樣亂動，發燒會更……』

『那妳就不要多管閒事！哥，你絕對不要回來！』

——喀！

剛聽到電話另一頭鬧得不可開交，電話就突然掛斷了。

「小遊？怎麼啦？勇海說什麼？」

結花擔心地看過來，可是……我腦子裡一團亂，什麼話都說不出來。

那由發燒？我們出門的時候明明一點事都沒有啊。

而且，她為什麼……在這種狀況下卻叫我不要回去？

冰冷的夜風——在滿是難解之謎的聖誕節呼嘯而過。

第17話　【一發不可收拾】聖誕夜回到家，结果事情大條了

——遊哥！事情不好了！

——小那她發高燒……

「——咦，小那她！小遊，那不是很嚴重嗎！」

「……是啊。」

我把勇海打電話講到的內容概要告訴結花，她的臉立刻血色全失。

相信我的表情也變得同樣僵硬。

我把手機握到幾乎要捏扁，雙腳使勁。

——可是……

「咦？小遊，你怎麼了？」

我跨不出腳步奔跑。

我當然擔心那由。

第17話
【一發不可收拾】聖誕夜回到家，结果事情大條了

因為儘管她態度那麼囂張，對我而言——確實只有這麼一個寶貝妹妹。
可是……一想到露出那麼天真無邪的表情聊起約會計畫的結花——
就覺得胸口一陣刺痛——

「——小遊，我要生氣嘍？」

結花用低得前所未有的聲音說了。
我還在躊躇，她便一把用力拉起我的手。
「小遊！不用顧慮跟我的約會了！我們趕快回去小那身邊吧？回去我們的——寶貝『妹妹』身邊！」

我們離開遊樂園，跳上了電車。
一抵達離家最近的車站就全力飛奔——一路回到家。
汗水從額頭滴下。
由於跑得實在太竭盡全力，結花在玄關口手撐著膝蓋調整呼吸。

「結花，我先過去了！」

雖然過意不去，我還是脫掉運動鞋，一個人先跑上樓梯。

接著看到那由的房門沒關——就衝了進去。

「那由！妳還好嗎？」

「遊……遊哥！對不起，我……平常老神在在，卻慌了手腳，忍不住就打電話給你。」

「妳說這是什麼話，多虧妳了……謝啦，勇海。」

不用這樣一身男裝地垂頭喪氣啦。

我先輕輕拍了勇海的肩膀——然後走向那由的床。

那由穿著睡衣。

頭底下放著冰枕。

無力地躺在床上。

「……那由，妳看起來很不舒服耶，身體還——」

「……你為什麼回來了？」

那由有些呼吸困難地坐起身。

用前所未見的力道——瞪著我。

不知道是不是因為發燒，她的眼睛——看似滲著淚水。

「妳還問我為什麼，當然是因為我聽到妳發燒……」

「你白痴啊！我明明叫你不要回來！」

那由這麼呼喊著，朝我扔來冰枕。

冰枕軟軟地碰到我的腳，掉在地毯上。

「……我不是說過嗎？說不用管我，以你們兩個約會為優先！為我做什麼都順便就好！真的是開什麼玩笑……這樣我是為了什麼才隱瞞自己不舒服——！」

那由話說到一半，驚覺不對，用手摀住了自己的嘴。

然後……肩膀顫抖，當場低頭不語。

「……那由，妳該不會從早上就在發燒……？」

「——！囉唆……你很囉唆耶，笨蛋！」

那由變得很情緒化，把放在床邊的黑色小包包揹到肩上，猛力站起。

「小……小那！等一下，妳在發燒耶！」

「少囉唆，別管我！」

勇海想制止，那由便亂甩包包把她趕開。

她就這麼穿著睡衣——跑下樓梯。

「——呀！咦……小那？妳要去哪裡？等一下啦！」

一樓傳來結花的呼喊。

我和勇海急忙下了樓梯——結果看見結花癱坐在走廊上。

「……對不起，小遊。小那她速度太快……我攔不住……」

「不用擔心，結花，別放在心上。」

結花十分沮喪，我先輕輕摸了摸她的頭。

然後粗魯地穿上運動鞋，衝出家門。

冬天夜晚的空氣一下子讓汗水漸乾的身體降溫，我不由得打了個冷顫。

「那個笨蛋……跑哪裡去了啦？明明這麼冷，她又還在發燒……」

焦躁與惶急等各式各樣的情緒在腦子裡轉個不停。

連我也不懂自己的心情。

雖然不懂，但是——非得趕快找到那由不可。

我只想著這件事就要邁開腳步奔跑。

「小……小遊……！」

——卻聽到身後傳來結花細小的呼喚。

回頭一看，發現氣喘吁吁的結花跑來。

我趕緊跑過去，抱住結花。

「結花，妳還好嗎！不要逞強。」

「嗯……嗯……我沒事。」

怎麼看都不像沒事吧……結花就是總愛逞強啊。

「……既然要去找小那，我也要去。我已經先拜託勇海準備，讓我們回來就可以開派對，所以——我們趕快找到小那，一起開聖誕派對吧？」

事情都變成這樣了，她還說這種悠哉的話。

結花露出與平常沒兩樣的滿面笑容。

看著這樣的結花……我感覺到自己的腦子漸漸冷靜下來。

「然後，你去找她前……只有這個，我想先交給你。」

結花說著，從右手拿著的紙袋裡——拿出一個包裝似乎不太熟練的東西。

「——咦？結花，這個……該不會是，聖誕禮物……」

——說到聖誕節，就想到交換禮物！我們一定要來交換喔，小遊！

——我已經想好了在最有氣氛的時機來進行！

腦海中縈繞著結花滿心期待交換禮物的模樣。

而結花毫不遲疑地——撕開包裝紙。

這應該是由結花自己包裝的禮物——

是親手織的手套。

「嘻嘻嘻，有沒有嚇一跳？要織手套又不能讓小遊發現，可是很辛苦的喔。」

「……為什麼？妳明明……那麼期待交換禮物……」

「因為你要在這麼冷的天氣去找小那呀。這種時候不拿出來給你用，那不是浪費了我費心織的手套嗎？」

她沒有任何後悔或失望——臉上的笑容就像夜空中閃亮的一顆星那樣美麗。

結花輕輕牽起我的手，將親手織的手套交給我……說道：

「還有啊，比起約不約會或是浪不浪漫之類——想也知道是家人重要得多吧？」

◆

我戴上結花送我的那副她親手織的手套。

我們兩人並肩跑在平常的通學路上，來到了路口。

路分成兩條……不知道那由往哪一條走了。

「……嗯？喔喔，這不是遊一嗎？這麼晚了，你在做什麼啊？」

我們正在遲疑，就看見一名穿著休閒的男子發出耳熟的說話聲朝我們揮手。

——這不是阿雅嗎？他為什麼會在這裡？

「你看這一大堆漫畫！是我一直想買的長篇，我一口氣買下整套啦！反正我聖誕節也是一個人過……就打算一次看完全套——嗯？」

阿雅說得悠哉，忽然間……發現我身旁站著一個女生。

由於沒戴眼鏡，髮型也不一樣，他似乎沒想到她就是綿苗結花。

「咦……這、這是誰？遊一，在聖誕節，和女生一起……？難……難道你，有了三次元的女友——」

「——倉井同學！現在這種事情不重要！」

先朝著動搖的阿雅說話的……不是我，而是結花。

「更重要的是小那！倉井同學，你有沒有看到小那？」

「小那……啊，剛剛那是小那嗎！她穿著睡衣，有夠拚命地往那邊跑——」

「那邊是吧！謝謝你，倉井同學！」

「啊，好的……等等，妳為什麼知道我叫什麼名字？」

「……你在說什麼？」

就說這樣蒙混不過去啦。

不過算了……眼前最優先的是找到那由。

「阿雅，謝啦！我下次會跟你解釋清楚！」

「咦，喂……喂，遊一！幹嘛啦，這樣我會好奇啊！你先解釋清楚再走啦～～！」

我在心中對阿雅道歉。

並且和結花同時——跑向阿雅告訴我們的方向。

「……我搞砸了啊。我太著急，結果很正常地跟他說話了。」

結花跑在我身旁，反省似的發著牢騷。

我朝這樣的結花瞥了一眼，笑道：

「我看是在學校練習的成果展現出來了吧？畢竟妳那麼努力想和朋友順暢地說話。」

「咦～～……剛剛那樣順暢嗎？一個不認識的女生突然對自己問問題，就只是恐怖片吧？」

結花不滿地說著……卻也噗哧一聲笑出來。

接著結花瞇起眼睛。

「……小那她啊，一定是不想打擾我們吧。因為她不管對小遊還是對我，都很重視……小那好善良喔。」

「……很難說吧。不管是不是，等回到家可要好好訓話。」

「我覺得能讓哭泣的小那展露笑容的——就只有小遊。」、

結花跑得氣喘吁吁，仍一直對我說話。

「不管是在國小遇到痛苦的事，還是因為家裡的事難過時——小那身邊總是有哥哥在。我想這肯定一直是小那內心的支柱，所以……小遊，小那就拜託你了。」

「——也就是說，今天輪到我努力了，是吧。」

聽了結花這麼說，我感覺到胸口湧上一股熱流。

那由讀國小時——在房間裡用棉被蒙著頭哭。

我能不能像那個時候一樣……讓她不再流淚呢？

……不對，不是這樣。

不是能不能，是我要全力做到。

就像結花不管什麼時候都全力以赴——我也一樣。

手掌很溫暖。

因為有結花為我親手織的手套保護。

「小遊要努力，我會全力……支持你。雖然我沒辦法代替小遊，但直到最後——我都絕對不會離開小遊身邊。」

結花說著，隔著手套握住我的手。

就像盛開的花朵一般——笑咪咪地說：

「……因為『丈夫』努力的時候沒辦法一起努力——根本沒資格說自己是『妻子』嘛。」

◆

「……這裡有岔路啊。」

我們沿著阿雅告訴我們的路跑過來，但目前都沒看到那由。來到這裡，遇到這岔路……她走了哪一邊啊？

「小遊，我們分頭去找她吧！」

「嗯。我走這邊，那邊就拜託妳了，結花。找到那由就聯絡我。」

「嗯！好～～小那～～……我一定會找到妳，妳等著！」

於是我和結花開始兵分兩路去找那由。

我選的這條路有著成排的公寓大樓，這個時段路過的人少得讓人嚇一跳。

有比較大的大樓，也有比較舊且小的樓房。

平凡的街景從我身旁流過。

就在這個時候……忽然間——

大樓與大樓之間的一處小小的公園映入了眼簾。

白天想必有孩子們在這裡玩耍吧。

「…………嗯？」

這時——我聽見了鞦韆搖動的聲響。

儘管覺得可能是錯覺。

我還是在公園前停下了腳步。

然後一路往公園內前進。

這裡的遊樂設施只有滑梯、沙地和鞦韆，著實是座很小的公園。

就在這小小的公園裡，有年分的鞦韆上——

一名少女低著頭——坐在那兒。

這名少女有著一頭留到腰間的黑長髮。

她低著頭，所以不容易看出來，但瀏海與兩側的頭髮都剪齊……也就是所謂的公主切髮型。

身上穿著像是童話中會出現的那種蓬蓬的裙子，以及領子有荷葉邊的襯衫。

無論髮型還是服裝都把可愛點滿的打扮……和夜晚的公園一點也不搭。

再加上冬天夜晚的昏暗。

甚至令人懷疑——她是不是真的幽靈。

「…………」

在這不可思議的空間裡，我慢慢走向鞦韆。

然後，對這個「幽靈少女」——開了口。

「小妹妹……待在這種地方，會感冒喔。」

第18話 因為知道無論是多麼寒冷的夜晚，只要大家同在就會溫暖

兩架鞦韆頗有年分，每次搖動就會發出刺耳的嘎吱聲。

我在其中一邊坐下，然後不經意……看向身旁盪著另一架鞦韆的少女。

留到腰間的黑色長髮。

兩側和瀏海一樣剪齊的公主切。

以及彷彿童話故事中的公主那樣，少女感全開的服裝。

沒錯，她是——在這麼晚的時間獨自待在公園的「幽靈少女」。

「欸……我再說一次，妳待在這麼冷的地方會感冒喔。」

「……我感冒又沒關係。」

她就像個鬧彆扭的孩子，小聲回答。

「就算妳沒關係，如果妳生病了，妳家人也會擔心吧？」

第18話
因為知道無論是多麼寒冷的夜晚，只要大家同在就會溫暖

「……也許會吧。因為我雖然是這麼壞的孩子，但家人總是對我很好。」

「壞孩子？」

「……都只有我得到各式各樣的東西啊。不是物質，而是像快樂、開心——這樣的東西。可是我什麼都報答不了。不但報答不了……還總是給他們添麻煩。」

「妳還會想報答，挺善良的啊。」

「……很普通啦。想卻又做不到，反而是很糟糕的孩子。」

「我是覺得不會啦。像我那個妹妹，還會提什麼要我在聖誕節買土地給她之類強人所難的要求……真想叫她跟妳學學。」

那由不管什麼時候都是這樣。

對我總是一副很嗆的態度。

老是做奇怪的惡作劇，把事情鬧大。

她實在是個——不得了的妹妹。

「雖然這個妹妹這麼目中無人，可是感覺她最近……老是在跟我客氣，簡直讓我渾身不舒服。是從聖誕節快要來臨時才開始的就是了。」

「……這樣啊。你有沒有想到什麼可能性？」

「這個嘛，硬要說的話……就是我有了未婚妻吧？」

「……這應該是挺大的事情吧？我想一個做妹妹的，哥哥有了未婚妻……就會想很多。」

「例如什麼樣的事？」

我不經意地一問，她就好一會沉默不語。

過了一段時間——她自言自語般說了。

「想對哥哥說聲恭喜的喜悅；盼望他幸福的心情；可是又希望哥哥也能陪陪自己的嫉妒。還有……想到哥哥不再只屬於自己一個人的落寞。」

「——說得也是啊。」

她的話比我想像中……更刺激我的內心。

我用力咬了牙。

「我啊，從她小時候……就對她保證過，聖誕節要一家人一起過。所以今年，我也想和她一起過聖誕節。」

——

「……你這個哥哥真好。」

「可是她偏偏在今天身體不舒服，所以我約會到一半就急忙回家……然而她看到我回家就哭著發脾氣，衝出了家門。」

「……這樣啊。你妹妹好任性喔。」

哀戚的說話聲小得幾乎聽不見。

我先朝這樣的她瞥了一眼，然後問道：

「我說啊，我妹妹衝出家門——妳覺得是屬於妳剛剛說的哪一種心情？」

「……我看是全部吧。」

「全部？」

我沒料到會有這樣的回答。

她也不管我感到吃驚，繼續說道：

「……我想，她不坦率。雖然為哥哥有了重要的人而開心，還是希望哥哥陪自己，才會去招惹哥哥。但是最衷心盼望的……是哥哥跟未婚妻能幸福……所以才不想打擾……兩人……」

她說著說著，嗓音開始顫抖。

但我什麼話也沒說，只是聽她說下去。

「明明不想妨礙兩人……但是因為其實很寂寞，一聽到兩人說要一起過聖誕節……就開心起來。明明知道其實會妨礙到兩人……！……這樣的自己，讓她……討厭得不得了。」

「可是我們一點都不覺得打擾，我們就是想和她一起過聖誕節。」

這是我一直想直接告訴那由的心意。

聽到這句話——她輕輕呼出一口氣。

「——我的哥哥啊，真的對我很好。不管以前還是現在……一直都是。」

——哥哥，是嗎？

記得以前她是這麼叫我的。

髮型也不是像現在這樣的短髮，而是留到和結花差不多長，剪成公主切髮型。

喜歡穿得很少女，說話的口氣也很撒嬌。

真的，真的是個……很可愛的妹妹。

不過可愛的妹妹這點——現在也沒變就是了。

「不管是被班上同學們取笑，對自己失去自信的時候……還是媽媽離家，寂寞又難過的時候……哥哥總是陪在我身邊。他自己明明應該也很難過……但他總是在我身邊……對我笑。」

「……我不是那麼了不起的哥哥啦。」

「才不會！哥哥對我很好！就是因為有哥哥在，我才能……笑著過到今天。」

說著她忽然抬起頭來。

無數淚珠從她的眼睛滴落。

「我太難為情，每次語氣都變得很差，對不起。我不時會吃醋，還會『呿！』你，對不起。我明明是這麼笨的妹妹，你卻一直都很珍惜我……對不起，謝謝你。」

接著這個「幽靈少女」——不對。

是我的妹妹佐方那由。

她頂著一如往昔的髮型，穿著像是以前會穿的衣服。

抽抽噎噎地說：

「我——我！喜歡哥……好喜歡！不管什麼時候，你都支持著我……是我一直一直最喜歡的哥哥……！」

就像被這句話觸發。

我下了鞦韆——用力抱緊那由。

就像小時候對愛哭的那由……所做的那樣。

「我……其實好開心。生日那天，你們遠端幫我慶祝。小結她人好好喔。我——也好喜歡小結，她真的是個很善良、很棒的人……我一直相信她會帶給哥幸福。」

「……這樣啊。」

「所以我才不想在聖誕節打擾你們。我希望哥和小結兩個人一起幸福地過，不用管我……就算我寂寞，也可以忍耐。因為我變得比以前堅強了。可是——我卻搞壞了身體。我拚命隱瞞，結果還是穿幫，搞砸了一切。我根本是個笨蛋嘛……」

我感覺到視野漸漸模糊。

嘴不由自主地顫抖。

但我還是——拚命擠出聲音。

「……笨的是我啊，那由。對不起——對不起。」

我放鬆力道，手輕輕放到那由肩上。

直視有著像以前那樣的長髮，哭泣的那由。

「不知不覺間，妳的形象和以前不一樣，說話變很嗆，很愛使壞——所以我自己認定妳變堅強了。我這個哥哥真的是太遲鈍，太笨……根本沒有好好看著妳……」

「…………不要說了！」

那由揮開我的手，站起來，跟我保持距離。

然後不顧一張臉哭得涕淚縱橫。

呼喊著說：

「不要這樣啦，這樣不是會更寂寞嗎！我已經沒事了！哥去和小結一起幸福啦……跟她一起

過得充滿歡笑啦！像被野野花來夢甩掉的時候，還有爸媽離婚的時候那樣……一臉悲傷的哥……我再也不想看到了啊……！」

「──小那，我要生氣嘍？」

就在這個時候。

傳來這彷彿由天使演奏的豎琴一般……柔和又溫柔的說話聲。

我和那由同時轉頭，朝聲音傳來的方向看去。

站在那兒的是我的未婚妻，那由的大嫂──

沒錯──就是綿苗結花。

◆

「小……小結……」

那由方寸大亂，表情僵硬，不斷倒退。

結花慢慢走向這樣的那由。

「結花……妳怎麼會在這裡？」

「是勇海聯絡我。她說小那帶的包包裡裝了Cosplay用的衣服，所以說不定她換了衣服……然後我就想到也要跟小遊說一聲。」

包包裡裝了Cosplay服裝？

我不明所以，朝鞦韆旁邊看去，發現地上有那由帶出來的那個黑色小包包。

拉開沒合上的包包裡裝著那由到剛剛都還穿著的睡衣。

——我送的禮物，Cosplay服裝如何？

——雖然妳平常都打扮得很中性，但我想妳穿很少女的衣服說不定也很好看喔。

「……妳這麼一說我才想起，我們辦遠端慶生會那時候，勇海就說過這樣的話。」

然後今天她來我們家，就順便把要給那由的服裝塞進這個黑色包包，當成禮物送給她吧。

「還記得帶Cosplay服裝來變裝，妳啊……還是一樣很多壞點子耶。」

「……就算這樣，哥你還不是馬上就找到我了？」

「畢竟跟以前的妳一模一樣啊……倒是勇海為什麼知道妳以前的穿著打扮啊？」

「我想她不知道……大概，是巧合。」

真的假的？人氣Cosplayer真不是蓋的。

她能夠完美地搭配出穿著者最適合的衣服啊……

「——還好我折回來了。多虧這樣，我才能聽見小那對小遊……吐露心聲。」

「……小結，呃，我……」

結花來到畏畏縮縮的那由身前。

然後，大大地張開雙臂——

——輕輕將那由擁入懷中。

「咦，小結……妳……妳沒有生氣嗎？」

「我在生氣～所～以～……小那，我要對妳處以抱滿滿之刑。」

結花說笑似的說完，露出滿臉微笑。

然後就像安撫小孩子那樣輕輕摸著那由的背。

「……小那，妳這個笨蛋～真是的，這樣會讓人擔心好嗎？弄得全身這麼冰冷……要是發燒更嚴重怎麼辦……笨蛋。」

結花的聲音漸漸沙啞。

肩膀微微顫抖。

但結花仍然……很用力地抱緊那由。

——彷彿被結花的這種溫暖融化……

那由抽噎著開口：

「小……小結……！對……對不起，對不起，對不起～～……」

「不，我才要說對不起，讓妳那麼寂寞。對不起喔……對不起，小那。」

「不……不對……！這是，是我……任性！小結……還有哥……都沒有錯……！」

「——這不是任性啦。只有這點絕對不是。」

結花以澄澈得像是可以直達天聽的嗓音……這麼說了。

「小那會想和小遊一起過，完～～全不是壞事。因為小遊對小那來說……不就是最重要的哥哥嗎？」

「可是，難得你們兩個人可以一起過聖誕節……」

「真是的！小那，妳不要小看我們了！」

結花嘛起嘴，不滿地這麼一說。

然後豎起食指，莫名一臉踐樣。

「請妳仔～～細想想～～我最喜歡小遊，我和小遊以後會一直一～～直，每年都過很棒的聖誕節！所以……就算發生一次狀況也不要緊，因為明年、後年，一定都有更開心的聖誕節等著我們嘛。絕對！」

這是什麼小孩子般的邏輯。

可是，能夠若無其事說出這樣的話——這才是我的未婚妻綿苗結花啊。

「也就是說，小那一～點都沒有必要放在心上！所以，我們一起回家——四個人開快樂的聖誕派對吧？」

「可……可是……我……」

那由還在躊躇，結花便緩緩撫著她的背。

笑了一笑。

雖然她的臉頰上還被剛才的淚水沾濕。

她仍然帶著一如往常——花朵盛開般的笑容說了：

「我們是一家人嘛。在家人面前——想哭的時候就可以哭，想撒嬌的時候就可以撒嬌啊。所以啊，如果身體不舒服，希望妳可以好好告訴我們，寂寞的時候，從下次開始……就叫我們陪妳喔！」

彷彿因結花這幾句話而潰堤……那由開始嚎啕大哭。

——真是的，這個聖誕節鬧得可真夠大了。

我一邊在心中嘀咕一邊仰望萬里無雲的夜空。

十二月底的夜晚，明明應該冷得澈骨。

但感覺今天我的眼頭滾燙得不得了——連自己都難以置信。

忽然間……我望向將抽噎的那由抱在懷裡的結花。

她臉上露出充滿慈愛的微笑，輕輕安撫那由的模樣——

——讓我想起很久以前，母親的身影。

第19話 【超級好消息】我的未婚妻實現白色聖誕節這個夢想

「歡迎回來，小那。」

那由被我和結花在背上推了一把，走進家門——看見勇海以陽光的笑容迎接她。

順帶一提，那由仍然穿著帶荷葉邊的襯衫、花俏的蓬蓬裙，也還戴著公主切假髮。

儘管那由打扮成這種和平常不同的模樣，勇海卻隻字未提，問出很一般的問題：

「發燒怎麼樣了？結花準備了很多飯菜……妳吃得下嗎？」

「……嗯。在外頭跑了好一會，燒就退了……」

的確，摸她的額頭，已經不燙了。

也沒有咳嗽之類的情形……該不會是腦袋用太多的發燒？

畢竟平常目中無人的那由難得一直為我和結花的事傷神，倒也不是沒有這個可能。

「哎，至少眼前好起來總是好事。明天是星期天，醫院也沒開，我們就先觀望一下。如果又發燒，就去看假日門診吧。」

「太誇張了吧……不過，嗯，知道了。」

「啊哈哈！感覺簡直不像平常的小那，變得很客氣。」

「真是的，勇海妳喔！不要取笑小那！」

「結花，我才沒有取笑她。只是……畢竟小那的心情，我隱約能體會。」

勇海手按雙眼——陶醉在感傷中似的說了。

「我在校慶的時候就擔心結花擔心得不得了。因為我不希望結花做出會像以前那樣受到傷害的事，希望結花笑。所以——小那會希望你們兩位過開心的聖誕節，這種心情……我能體會。」

「……勇海。」

勇海與那由互相凝視——忽然間同時笑了。

她們都是「妹妹」，也許共有一些心有戚戚焉的感受。

她們兩個平常總是在較勁，但願在這件事的觸發下，能減少一些爭執就好了。

「話說回來，小那……我給妳的Cosplay服裝，妳穿起來非常好看呢，簡直像個娃娃。」

「……啥？」

——我的這種心願落了空。

勇海立刻進入陽光型男模式，開始多嘴。

「呵呵，妳真是個可愛的娃娃……彷彿一碰就會碎的脆弱又美麗的玩偶。來，可愛的小那——儘管在我懷裡哭吧。」

「………囉唆！真的太扯！」

那由滿臉通紅地扯開嗓子，扔掉原本戴在頭上的假髮。

於是那由變成穿得很少女卻頂著平常的短髮，像是一種中間型態。緊接著——

「我怎麼可能找妳哭！妳是白痴嗎！妳在得意忘形什麼？」

「啊哈哈，妳生氣的表情也很可愛喔。畢竟小那就是嘴上會忍不住逞強，心裡——卻養著一隻纖弱的小鳥嘛。」

「有夠煩！我絕對不原諒妳，妳這個假型男！晚點妳就去被結花罵哭啦，妳這個玻璃心的傢伙！」

啊～～真是……

馬上就要開派對了，這兩個人在搞什麼啦。

接下來，我們——一家四個人，開始了聖誕派對。

附帶一提，那由換上了平常穿的服裝。

雖然像以前那樣很少女的打扮也不錯，但現在的那由……還是這樣穿讓人比較習慣。

「哇……好猛。這些全都是小結做的？」

「嘿嘿！對！這是我趁昨天就先備好料，為了讓小那開心而做的——特別聖誕晚餐！」

結花一臉有夠得意的表情，手扠著腰。

看到結花還是一樣爆發她天真無邪的模樣，那由似乎忍不住……「啊哈哈」笑了出來。

然後擦著笑得太誇張而流出的眼淚。

「謝謝妳，小結……我真的好開心。」

「順便說一下，這邊的蛋糕是我買來的喔。小那，妳喜歡草莓蛋糕吧？」

「……哥，你為什麼跟勇海多嘴？」

「只是喜歡的蛋糕口味，有什麼關係……我才要問妳把勇海當什麼了。」

我們聊著這樣的話題，忽然間，口袋裡的手機震動了。

因為房裡太吵，我先來到走廊上才接起電話。

『聖誕快樂！我是你們心愛的爸爸。』

「如果是惡作劇電話我就掛嘍？」

『遊一你真不給面子啊。』

打電話來的，是擅自決定我和結花婚事的元凶——我和那由的老爸。

之前聽說他因為工作沒辦法回來，卻有空打惡作劇電話嗎……受不了。

「所以呢？我說真的，有什麼事？」

『我是擔心你和那由過得好不好。聖誕節卻無法和你們一起過……我很過意不去。』

「……老爸對這種地方倒是都會很在意啊。不用擔心啦，不管是我還是那由……都和結花他們一起開開心心地過著聖誕節。」

老爸在電話另一頭鬆了口氣似的嘆氣後說：

『幫我跟結花小姐說一聲……謝謝她讓遊一幸福。』

「……什麼？怎麼沒頭沒腦講這個……」

『因為那由給我看了，慶生會時拍的視訊留言。』

咦……那個笨蛋，明明說沒錄影，卻還是給我機靈地錄了？

受不了——我這個蠢妹妹，真的是不知道會做出什麼事情。

接著和老爸講完電話後。

我……按捺住湧上的笑意，走向有她們三人等著的客廳。

——然後我們四個人和樂融融地過了聖誕節。

那由和勇海在鬥嘴。

結花更是抓準了機會，整個人黏到我身上。

那由恢復了狀況，又搞起奇怪的惡作劇。

著實……變成了一個和平常沒什麼兩樣的吵鬧的聖誕節。

但我隱約覺得——也許這樣的一如往常才是所謂的天倫之樂。

◆

「呼哇啊……聖誕節，好開心喔。」

那由和勇海累得睡著後。

我和結花一如往常，各自鑽進並排的被窩裡，閒聊起來。

「結花，今天有很多事都要謝謝妳……不管是那由，還是這副妳織的手套。」

「嘻嘻嘻～～小遊這麼高興，我好開心喔。」

我摸了摸放在枕邊的手套——就想起了那份溫暖。

這副手套溫暖地籠罩住我尋找那由時感受到的不安與焦慮。

感覺就像結花一直握著我的手……給我這樣的安心感。

「……咦，怎麼了嗎，小遊？」

「……啊，沒有……」

也或許是因為漸漸有些睏了，我發起呆——結果結花溫柔地抱住抽噎的那由時的身影又在眼皮底下浮現。

我莫名……有想哭的感覺。

「在家人面前可以哭，也可以撒嬌——這我不是說過嗎？」

結花彷彿看穿了我的心思。

躺在我身旁，露出平靜的微笑。

她的笑容讓我覺得好懷念——內心一陣惆悵。

我坦率地……說出了心意。

「結花，呃……不好意思提這種奇怪的請求。只要今天就好——能讓我睡在妳懷裡嗎？」

「……嗯，當然可以。過來吧。」

結花臉上充滿了慈愛，慢慢張開雙臂。

我連難為情都忘了，就像被一股吸力拉了過去，被結花抱住……縮起了身體。

——好溫暖，好柔軟。

而且有種——甜甜的香氣。

「小遊每次都好努力喔。」

結花在我耳邊輕聲細語，摸著我的頭安撫我。

每次被結花撫摸，胸口就會湧上一股熱流。

不知不覺……一行眼淚流下。

「不用擔心……我會一～～直陪在你身邊……」

謝謝妳，結花——願意陪在我身邊。

我懷著像是變回小孩的心情，委身於這種溫暖當中……

不知不覺間——就睡著了。

翌日早晨。十二月二十六日。

等我醒過來，被窩裡已經沒有結花的身影。

起身走到窗邊一看，發現結花在陽臺上嬉戲。

我拿起放在書桌下的咖啡色袋子，來到了陽臺。

「啊，早啊，小遊！你看你看，是雪！下雪了～～！」

結花像個小小的孩子一樣嬉戲。

聽她這麼一說，抬起頭看——發現純白的細雪在冬日的天空紛紛飛舞。

「呼啊～～……你看，呼氣都是白的！畢竟比昨天冷嘛～～當然也會下雪啊～～」

「結花，妳好像很高興……不冷嗎？」

「嗯！很冷啊～～不知道有沒有人可以溫暖受凍的結花——呼咦！」

她一句話還沒說完，我已經打開咖啡色的袋子——拿出毛茸茸的耳罩，幫結花戴上。

然後戴上結花送我的手套，直截了當地說：

「交換禮物——我挑了最能帶動氣氛的時機，妳覺得呢？」

「啊、啊嗚～～！啊嗚～～……」

結花完全失去了語言能力，粉拳不斷往我胸口打。

隨即又轉而——用力抱緊我。

「……白色聖誕後快樂，對吧！」

「什麼啦？聖誕後都行，那就什麼都算數——」

「沒關係！今天是美妙的白色聖誕後！這樣想絕對會比較開心嘛！」

「好牽強……不過也是啦，感覺這樣比較有結花的風格，也很好。」

下得大了些的細雪將聖誕後的景色漸漸染白。

我正看著這夢幻的光景看得出神。

結花就露出大膽的笑容——湊過來看我的臉。

染得通紅的臉頰、水潤的粉紅色嘴脣。

「摩天輪那時候……我們保留了什～～麼呀？」

「…………咦？妳說真的？」

「那當然！因為在白色聖誕節和自己最喜歡的人接吻，是我小小的夢想嘛。」

「今天不是聖誕節耶。」

「還在誤差範圍內嘛！不管是白色聖誕節，還是白色聖誕後！」

看著結花拚命說服我……就不禁莞爾。

結花看到我這樣，也靦腆地「嘻嘻嘻」笑了。

「也是啦……昨天晚上，妳都答應了我的請求。」

「……被我抱著睡的小遊也很可愛喔。」

「妳要取笑我，我就不答應喔。」

「好～～對不起～～我不會再說了～～」

我們先來上這麼一段一如往常隨意的談話。

然後我輕輕將手放到結花的肩上。

我和結花——溫柔地嘴脣相印。

☆新年，久違地家人團聚☆

呼喵……好柔軟喔。

好想再親好久好久喔……

我用食指按住嘴唇，在沙發上擺動著手腳翻滾。

——不對，我這樣不行啊！

如果滿腦子只想著這些不檢點的事……小遊會受不了我的。

……可是，可是啊，我就是喜歡小遊，會想多跟他接吻也是無可奈何吧？

「呃……結花，妳為什麼從剛剛就一直在表演單人變臉秀？」

「呼呀啊啊！」

我發出貓咪驚呼般的聲音，從沙發滾下來。

這個低頭看著我，沒轍似的嘆氣的人……是我的妹妹，綿苗勇海。

「結花還是一樣那麼孩子氣。雖然這樣的一面也很惹人憐愛，可是……我看還是也學會一點成熟的魅力比較好吧，至少別讓遊哥受不了妳。」

「囉唆。走開啦！勇海大笨蛋～～！」

難為情加上被她多管閒事，讓我大聲斥罵。

勇海每次都尋我開心……哼～～！

「……妳聽，結花心情不好。媽，怎麼辦？」

「咦，是媽？」

看到勇海把手機抵在耳邊，我蹦跳著起身。

我拜託勇海——換我講電話。

「啊，喂，媽？最近過得好嗎～～？」

『……結花妳才讓我擔心呢。妳的未婚夫要不要緊？他是不是家裡常備繩子、蠟燭之類的東西？』

「哪有可能！媽妳太愛操心，根本說得像是恐怖片了！」

媽從以前就愛操心，有點——不，應該說相當保護過度。

「小遊是個非常棒的人喔。他帥氣又可愛，迷人得不得了！是迷人的結晶！所以……媽，妳不用擔心。」

『咿咿咿咿……哪可能有這樣的人存在～～……』

我想讓媽放心，她反而發出尖叫。
受不了……媽也真是的。
也許只有直接讓她和小遊見面才能讓她放心了。
「——啊，對了。媽，爸在嗎？」
我的爸爸——也就是提起跟小遊這門婚事的元凶。
起初我也很氣，還心想：「我絕不原諒你！」
現在則是……嘻嘻嘻。我很感謝爸，讓我認識這麼棒的人。
我就想著要好好跟爸道謝！
『妳爸爸年底都會很忙，今天也是一大早就去上班了。』
「咦，這樣啊……他會不會搞壞身體？要不要緊？」
『不用擔心。只是……他滿腦子就擔心妳過得好不好。』
是嗎……這樣啊。
畢竟我忙著學校的活動和從事聲優工作，最近都沒回老家。
至少新年假期——真想見見爸媽。
「來，勇海，謝謝妳讓我講電話。」

我和媽講完電話後，把手機還給勇海。

「欸，勇海，爸過得好嗎？」

「嗯，過得可好了。爸媽都很好……就和妳在的時候完全沒兩樣。」

「這樣啊……」

不知道小遊願不願意去見見我爸媽。

去和未婚妻的父母打招呼，多半會非常緊張吧……如果我要去和小遊的爸爸打招呼，我也會有夠緊張。

不過……就我們的情形而言，婚事是雙方的爸爸擅自決定的。

不會遭到反對大概就是唯一可喜的地方了。

啊……不過畢竟小遊是全宇宙最棒的男性嘛。

無論爸媽是什麼樣的人，都會二話不說地答應結婚的，絕對。

嘻嘻嘻～～我未來的丈夫厲害吧。

就算有人說想要……我也絕～～對不會讓就是了！

☆新年，久違地家人團聚☆

後記

【好消息】漫畫版開始連載&音樂影片完成！

《好消息》也終於出到第五集了！

我每天執筆時，都想著這些全是拜各位讀者的支持所賜。

非常謝謝大家一貫的支持與愛護，我是氷高悠。

我在《好消息》才首次經歷的事情之一，就是改編漫畫。

現在漫畫版正在《月刊Comic Alive》連載，內容充分發揮原作的特色，描繪出表情豐富的登場人物，所以我也每個月都看得很開心。漫畫版《好消息》也請大家給予支持！

而《好消息》讓我首次體驗的另一件事，就是作詞。

在niconico頻道《伊東健人的「由我擔任主持人的節目，說要為輕小說配上MV耶！」》（暫譯）節目中，花了半年時間製作了音樂影片。

我作夢都沒想到能夠挑戰作詞這個完全不同的領域……真的是很寶貴的經驗！我要再次對各位相關人士道謝，真的非常謝謝大家。

由氷高悠作詞，家の裏でマンボウが死んでるP（manbo-p）作曲、編曲的《好消息》MV——《連結笑容的花（笑顔を結ぶ花）》。

影片在niconico動畫與YouTube都已經公開，還請務必去點閱收看！

接下來談談第五集。由於涉及洩露劇情，請從後記開始看的讀者留意。

以往的《好消息》都是以結花的成長為中心來描寫，本集則是將聚光燈對準了佐方家。遊一在國中時代經歷了父母離婚、因失戀導致拒絕上學等情形——而遊一身旁的那由也一樣有艱辛的經歷。

這次就是以聖誕節為主軸，描寫這兩兄妹之間的親情。

然後，因為聖誕節而欣喜雀躍的結花……也展現出溫柔又溫暖的一面，讓人感受到她過去這些日子的成長。

這段由大家的笑容交織而成的故事，如果也能讓各位讀者看得開心就太令人欣慰了！

那麼接下來是致謝。

たん旦老師，描繪聖誕節印象的封面，穿聖誕裝的學校結花，還有穿便服約會的居家結花，真的都有夠可愛！由衷感謝您畫出結花那種連冬天的寒冷都會被趕跑的笑容。今後也要繼續拜託您了！

T責編，不只是小說，包括niconico頻道在內的多方推展，每次都承蒙您盡心盡力。我認為就是因為從起跑時就有您一起帶起《好消息》的熱度，才會有這麼一天。真的非常謝謝您！

負責繪製漫畫版的椀田くろ老師、在niconico頻道承蒙照顧的家の裏でマンボウが死んでるP（manbo-p）、伊東健人，以及參與節目的各位。各位從各種角度呈現出《好消息》的魅力，我由衷感謝！

參與本系列製作的所有人士。

透過創作而有來往的大家。各位朋友、前輩、後輩，以及家人。

還有各位讀者。

本集是否也讓大家看得開心呢？

我會繼續努力，希望能以《好消息》帶給大家笑容！

那麼，期待下一集能和大家再見。

氷高　悠

轉學後班上的清純可愛美少女，竟是小時候玩在一起的哥兒們 1~4 待續

Kadokawa Fantastic Novels

作者：雲雀湯　插畫：シソ

越明白藏在沙紀心中的純粹愛意，
胸口的鼓動就越讓人作痛……

春希和隼人、姬子久違地回到了月野瀨，盡情享受鄉間獨有的樂趣，同時也和沙紀越走越近。沙紀是個表裡如一、不計得失，可以為他人努力奮鬥的少女。一定是因為有沙紀陪伴，才造就了如今的隼人。「如果我是男孩子，會喜歡上她吧。那隼人也……」

各 **NT$220~270/HK$73~90**

原本陰沉的我要向青春復仇 1 待續

Kadokawa Fantastic Novels

作者：慶野由志　插畫：たん旦

只要跟妳一起……
我就能對第二次的青春進行復仇!!

身處黑心企業而身心崩壞的新濱心一郎醒過來時，已經回到了高二。超越時空後再次相遇憧憬的美少女——紫条院春華，新濱發現她比回憶中更加天真爛漫且可愛。如果未來可以改變，絕對要拯救受到嚴重霸凌而自己結束生命的她——！

NT$260/HK$87

國家圖書館出版品預行編目資料

【好消息】我的不起眼未婚妻在家有夠可愛。/
氷高悠作 ; 邱鍾仁譯. -- 初版. -- 臺北市 : 臺灣
角川股份有限公司, 2023.04-
冊 ; 公分. -- (Kadokawa fantastic novels)
譯自 : 【朗報】俺の許嫁になった地味子、家
では可愛いしかない。
ISBN 978-626-352-442-2(第5冊 : 平裝)

861.57 112001584

Kadokawa
Fantastic
Novels

【好消息】我的不起眼未婚妻在家有夠可愛。5

（原著名：【朗報】俺の許嫁になった地味子、家では可愛いしかない。5）

2023年4月19日　初版第1刷發行

作者：氷高悠
插畫：たん旦
譯者：邱鍾仁

發行人：岩崎剛人
總編輯：蔡佩芬
編輯：孫千棻
美術設計：宋芳茹
印務：李明修（主任）、張加恩（主任）、張凱棋

發行所：台灣角川股份有限公司
地址：104台北市中山區松江路223號3樓
電話：（02）2515-3000
傳真：（02）2515-0033
網址：www.kadokawa.com.tw
劃撥帳戶：台灣角川股份有限公司
劃撥帳號：19487412
法律顧問：有澤法律事務所
製版：巨茂科技印刷有限公司
ISBN：978-626-352-442-2